KB267789

웃으면서 건강해지는
웰빙유머

웃으면서 건강해지는
웰빙유머

웃으면서 건강해지는
웰빙 유머

지은 이 · 김현진
펴낸 이 · 임종대
펴낸 곳 · 미래문화사

초판 1쇄 인쇄 · 2006년 2월 27일
초판 1쇄 발행 · 2006년 3월 3일
     5쇄 발행 · 2010년 1월 20일

등록 번호 · 제3-44호
등록 일자 · 1976년 10월 19일
주소 · 서울시 용산구 효창동 5-421 1F
전화 · 715-4507 / 713-6647
팩시밀리 · 713-4805

E-mail · mirae715@hanmail.net
홈페이지 · www.miraepub.co.kr

ⓒ2010, 미래문화사
ISBN 89-7299-317-4 03810

웃으면서 건강해지는
웰빙 유머

김현진 지음

미래문화사

유머 센스와 웃음 바이러스의 전령사가 되었으면

판소리나 도라지 타령 등에서 보듯이 우리 민초들은 풍자와 해학을 삶의 기폭제로 삼았다. 다시 말해 삶이 힘들고 지친 사람이 웃음을 필요로 했던 것이다. 먹고 살기에도 버거웠을 텐데 무슨 여유가 있어 우스개소리를 즐겼겠느냐고 반문할지 모른다. 그러나 그것이 사실이었다.

웃음은 마음이 즐거워야 나온다. 그러나 웃음에는 묘한 힘이 있어 즐겁지 않은 사람도 억지로라도 웃으면 마음이 밝아진다. 행복하기 때문에 웃는 것이 아니고 웃기 때문에 행복해질 수 있다는 이야기다. 이는 근래에 들어 웃음에 대해서 연구하는 사람들에 의해서 학술적 사실로 밝혀지고 있다. 즉 웃음은 역동적인 힘이며, 비타민이다.

웃음은 뇌에서 생리적 진통제인 엔도르핀endorphin을 생성시켜 스트레스를 진정시키고, 혈압을 떨어뜨리며, 혈액순환을 원활하게 해주는 효과가 있다. 한 번의 웃음은 5분간 에어로빅을 한 것과 같으며, 하루 15회 웃을 경우 2일의 수명이 연장된다는 연구결과도 있다. 잦은 스트레스는 질병에 대한 저항력을 무너뜨리지만 편한 마음과 밝은 웃음은 면역체계를 강화시켜 암까지도 물리칠 수 있다. 웃음은 마음의 미용제일 뿐만 아니라 건강을 지키는 특효약이다.

또, 사람은 웃을 때 가장 아름답다.

어린아이의 해맑은 웃음은 모든 사람들의 마음에 평화를 준다. 부모들은 아이가 잠꼬대하며 웃는 모습에서도 행복해 한다.

통계에 의하면 아이들은 하루에 4백여 번을 웃는다고 한다. 어른이 되면 겨우 6번 정도로 줄어들긴 하지만……. 그만큼 세상의 모든 일이 즐겁지만은 않다는 것일 게다.

인간은 즐거움과 웃음을 찾는 잠재의식을 갖고 태어난다. 즉 본능적으로 웃음을 즐기도록 만들어졌다는 이야기다.

사람의 첫인상은 외모가 좌우한다. 그러나 친밀한 인간 관계는 그 사람의 인격적 성품과 대화의 기술에 의해 유지된다. 즉, 유머화법은 속마음을 털어놓게 하고, 사고를 유연하게 만들어 준다.

아무리 힘들고 절망적인 상황이라도 유머가 있으면 쉽게 안정을 되찾게 된다. 그러니까 웃음은 자신에게는 여유와 희망을 갖게 하고, 대인관계에서는 윤활유 역할을 한다.

상대를 설득해야 할 경우 백 마디의 논리보다 한마디의 세련된 유머가 효과적일 때가 있다. 또 실수나 난관에 부딪힌 위기일발의 상황에서도 마찬가지다. 웃음이 화난 마음을 풀어주기 때문이다. 이처럼 웃음의 위력은 계산할 수 없을 정도로 대단하다.

유머는 21세기에 들어서 점점 더 의사소통의 중요한 메인 코드로 자리 매김하고 있다. CEO와 비즈니스맨들의 마케팅과 협상 테이블에서는 물론이고 범죄예방과 가정의 행복을 지키는데도 중요한 기능을 수행한다.

이 책은 이러한 요구에 전반적으로 부응하기 위해 가정, 학교, 직장, 남녀관계 등 사회생활에서 일어나는 모든 사례를 주제별로 엮은 유머집이다. 인터넷 유머는 물론이고, 비교 유머, 착각과 황당 유머, 성인 유머, 수수께끼, 난센스, 사투리 유머 등을 품격 높고 다양하게 구성하였다.

따라서 상황과 장소에 따라 원하는 내용의 유머를 쉽고 재미있게 응용하면 성숙한 대인관계와 정신건강에 많은 도움이 되리라 생각한다. 특히 주부들에게 행복한 삶의 활력소가 되었으면 하는 것이 나의 간절한 바램이다. 나아가 이 책이 우리 사회의 유머 센스와 더불어 스마일 마인드를 형성하는데 기폭제가 되어 웃음 바이러스 전령사 역할을 하였으면 한다. 유머형 인간들이 많아질수록 경쟁력 있는 한국이 될 것이 자명하기 때문이다.

끝으로 이 책의 출판을 기꺼이 맡아주신 임종대 사장님과 편집에 세심한 주의를 기울여 준 미래문화사의 편집부 가족들에게 감사를 드린다.

2006년 2월

웃음이 넘치는 사회를 꿈꾸는

김현진

1부 요즘 아이들

2부 생활유머

완전
초짜들이라
싱겁군!!
저 멀
아프리카
주민라이에는…!!

1부

요즘 아이들

편 손가락이
핑거니……

영어? 그거 쉽네

유치원 영어시간이었다. 선생님이 손가락을 펴고 아이들에게 물었다.

"여러분! 이걸 영어로 뭐라고 하죠?"

"핑거요~!"

선생님은 알려준 적이 없는데도 아이들이 대답하는 것을 보고 '조기교육이 무섭긴 무섭군' 하고 생각했다. 그래서 다시 주먹을 꽉 쥐어 보이면서 물었다.

"자! 그러면 이건 뭐라고 할까요?"

그러자 아이들의 대답.

"오므링거요!"

짱구의 대답

짱구가 유치원에 다닐 때 이야기.

선생님이 아이들에게 물었다.

"여러분! 어른들이 선물을 주시면 뭐라고 해야하죠? '다' 자로 끝나는 말이예요!"

아이 1 고맙습니다.

아이 2 감사합니다.

짱 구 뭐, 이런 걸 다…….

선생님이 다시 말했다.

"여러분! 만약에 여러분이 창문을 깼다면 뭐라고 해야 하죠? 이것 역시 '다' 자로 끝나는 말이예요!"

아이 1 죄송합니다.

아이 2 미안합니다.

짱 구 이걸 어쩐다?

요즘 아이들 · 1

꼬마 셋이 모여서 TV를 보고 있는데 키스신이 나왔다.

7살짜리 : 형, 형. 저 사람들 지금 뭐하는 거야?

8살짜리 : 음, 저건 사랑하는 사람들이 키스하는 거야.

9살짜리 : 근데 어째 좀 서툴다.

놀이터에서 꼬마들이 모여서 재미있게 소꿉놀이를 하고 있었다. 옆에서 지켜보던 아이들의 대화.

7살짜리 : 나도 저런 시절이 있긴 있었는데. 휴우!

8살짜리 : 생각하면 뭘해. 다 지난 일인 걸. 아휴!

9살짜리 : 난 요즘 쟤들 보는 새미에 신디니까.

엄마가 외출하려고 옷을 이것저것 입어보고 있었다. 곁에 있던 7살짜리 아들이 속옷 차림의 엄마를 보며 말했다.

"히~야! 울 엄마도 섹쉬하다. 햐~햐~"

그러자 엄마가 화를 내며 야단을 쳤다.

"이 녀석, 쪼만한 게 말버릇이 그게 뭐야?"

옆에 있던 9살짜리 형이 넌지시 말했다.

"거봐, 임마! 임자 있는 여자는 건드리지 말랬잖아."

요즘 아이들 · 2

상황 1

아이 : 아빠! 아빠는 불 끄고 글씨 쓸 수 있어?

아빠 : 응, 물론이지.

아이 : 그럼, 불 끄고 여기 성적표에 싸인 좀 해주세요.

상황 2

선생님 : 10년 전에는 없었는데 지금은 있는 게 뭐죠?

아 이 : 저요~!

선생님 : 그래, 말해보렴.

아 이 : 그게 바로 저라고요.

상황 3

선생님 : 지각이네. 왜 이렇게 늦었죠?

아 이 : 표지판에 '학교 앞, 천천히 가시오!' 라고 써 있었어요.

요즘 아이들·3

초등학생 철수의 처녀 담임선생님이 수학문제를 냈다.

선생님 : 전깃줄에 참새가 다섯 마리 앉아 있는데 포수가 총을 쏴서 한 마리를 맞히면 몇 마리가 남지?

철 수 : 한 마리도 없어요. 다 도망가니까요.

선생님 : 정답은 4마리야. 하지만 네 생각에도 일리가 있구나.

그러자 철수가 물었다.

철 수 : 선생님! 세 여자가 아이스크림을 먹고 있는데 한 명은 핥아먹고, 한 명은 깨물어 먹고, 다른 한 명은 빨아먹고 있어요. 어떤 여자가 결혼한 여자이게요?

선생님 : 글쎄, 빨아먹는 여자가 아닐까?”

철 수 : 틀렸어요. 결혼반지 낀 여자예요. 하지만 선생님의 생각에도 일리가 있네요.

초등학생 꼬마가 횡단보도를 건너려고 신호등 앞에 섰다.

그때 횡단보도 중간쯤에서 경찰이 호루라기를 불며 교통정리를 하고 있었다. 신호가 파란 불로 바뀌자 꼬마는 건널목으로 길을 건너다 말고 경찰관에게로 다가갔다.

꼬마 : 아저씨! 뭐 좀 물어봐도 돼요?

경찰 : 예. 얼마든지 물어보십시오.

그러자 꼬마는 경찰의 가슴에 있는 배지를 가리키며 물었다.

"아저씨! 이 새가 짭새예요?"

요즘 아이들 · 5

초등학생 민수가 선생님에게 물었다.

"선생님! 자기가 하지 않은 일에 대해 벌을 받을 수도 있나요?"

"아니지. 그럴 수는 없지."

"그렇지요? 제가 숙제를 안 했거든요."

요즘 아이들 · 6

초등학생 철수에게 선생님이 물었다.

"훔치다의 과거형이 뭐지?"

"훔쳤다 입니다."

"잘했어. 그럼 미래형은?"

"교도소요."

초등학생 순이가 공원에서 비둘기들에게 빵을 주고 있었다.

던져주는 대로 쪼르르 쫓아다니며 빵을 먹는 비둘기들이 너무 귀여웠다. 그 때 지나가던 아저씨가 마구 화를 내면서 야단을 쳤다.

"학생, 저 먼 아프리카 소말리아에는 많은 아이들이 굶주려 죽어가고 있어. 그런데 학생은 비둘기에게 빵을 주는 거야? 생각해봐! 그러면 되겠니?"

순이는 여전히 빵을 뿌려주면서 대답했다.

"저는 그렇게 멀리까지는 빵을 던질 수가 없어요."

황당한 일기

1. 키우던 금붕어 중 한 마리만 빼고 다 죽었다. 외로워 보여서 냉장고에 있는 굴비를 꺼내 어항에 넣었다. 10분 뒤 금붕어는 굴비가 싫은지 자살했다.

2. 만화에서 엉덩이에 펌프질하니깐 몸이 커지는 고양이를 봤다. 우리 집 개 엉덩이에 빨대를 꽂아서 불어 봤다. 몸은 안 커지고 비명만 질렀다.

3. 커피 맛이 궁금했다. 밥에다가 비벼 먹었다. 토했다. 아무 느낌이 없었다.

4. 담배를 피면 어떤 느낌이 날까 궁금했다. 아빠가 담배 필 때 옆에 가서 연기에다가 혓바닥을 대봤다. 아무 느낌이 없었다.

5. 본드 냄새를 맡으면 어떤 느낌이 날까 궁금했다. 하지만 본드는 불안해서 비슷한 딱풀을 손에 묻혀서 킁킁 냄새를 맡아 봤다.

6. 히로뽕 맛이 궁금했다. 비슷한 밀가루를 이빨에다가 비볐다. 느끼해서 토했다.

7. 여자 화장실이 궁금했다. 여동생 미미의 집 장난감 화장실 문을 열어봤다. 여동생이 이상한 눈초리로 쳐다봤다.

8. 애 낳는 느낌이 궁금했다.

달걀을 항문에 끼고 힘주며 뺐다. 동생이 엄마한테 일러서 빗자루
로 두들겨 맞았다.

9. 엄마, 아빠가 밤에 뭐 하는지 궁금해서 밤에 침대 밑에 기어 들어
   가 숨어 있었다. 위 아래로 움직이는 침대에 깔려 죽는 줄 알았다.
   답답해서 살짝 나왔는데 엄마, 아빠는 껴안고 있었다. 나도 옷을
   벗고 아빠 등에 달라붙어서 껴안다가 두들겨 맞았다.

10. 매일 밤 엄마, 아빠가 보는 비디오가 궁금했다. 엄마, 아빠 없을
    때 틀어 봤다. 부부 테크닉이란 제목으로 여러 가지 합체법들이
    나왔다. 엄마 아빠가 합체 로봇인 줄 알았다.

11. TV에서 뱀술이 몸에 좋다는 얘기가 나왔다. 아빠를 위해 놀이터
    에서 잡은 지렁이를 아빠의 양주병 속에 넣었다. 팬티만 입고 옥
    상에서 엄마한테 두들겨 맞았다.

6 · 25 표어

초등학교에서 선생님이 아이들에게 6 · 25를 주제로 표어를 하나씩 작성해 오라고 숙제를 내 주었다. 아이들은 갖가지 아이디어로 표어를 써서 제출하였다.

"무찌르자 공산당"

"간첩신고는 113"

등등.

그런데 선생님은 한 아이가 써온 표어를 보고 말문이 막혔다.

"6 · 25는 무효다. 다시 한번 붙어보자"

시험 볼 때 이런 애들 꼭 있다

1. 시험 때만 되면 교육 현실 비판하는 애
2. 틀린 답 서로 맞춰보며 좋아하는 애
3. 누가 빨리 쓰고 나가나 내기 하는 애
4. 잽싸게 시험지 내고 복도에 나가 친구 이름 고래고래 부르는 애
5. 계획만 짜다가 밤 꼴딱 새우는 애
6. 당일치기로 밤샜는데, 시험 일정 잘못 알아서 그 다음 날 것 공부해온 애
7. 커닝 페이퍼 밤새도록 만들었는데 아침에 집에 두고 온 애
8. 어디까지 진도 나갔는지 몰라서 다음 단원까지 공부한 애
9. 자기 등수보다 반 등수에 더 신경 쓰는 애
10. 자기 (50등)랑 똑같은 (49등) 답안지 커닝하고, 보여줘서 고맙다고 떡볶이 사주는 애

고등학교 시절 정말 이해할 수 없던 놈들

1. 자기 생일이라고 학교 쉬던 놈

2. 다음 날 시간표 물어보려고 집으로 전화하던 놈

3. 수업시간엔 잠만 자다 쉬는 시간과 점심시간엔 날아다니던 놈

4. 앞문으로 들어왔다가 자기 반 아닌 걸 알고 나갔다가 다시 뒷문으로 들어와 엎어져 자던 옆반 놈

5. 제일 먼저 등교하고, 청소도 열심히 하고, 꽃에 물도 자주 주면서 선생님 말씀도 제일 잘 들었지만 반에서 꼴등하던 놈

6. 국어시간에 책을 최민수 톤으로 읽다가 기침을 10분이나 하던 놈

7. 학교로 핸드폰 충전기 들고 와서 충전하면서 잠자던 놈

8. 자기네 집 화장실 형광등 나갔다고 학교 것 떼어가던 놈

9. 선생님은 자기를 포기했지만 자기는 선생님을 절대로 포기하지 않겠다고 벼르던 놈

10. 뻑치기 할 때마다 100원만 있으면 자기네 집 전세 안 살고 외제차도 끌고 다닐 수 있다고 떠들던 놈

여학교와 남학교, 그리고 남녀공학

점심 식사 후

☆ 여학교 : 양치질 해봤자 또 먹을 텐데 하고 대부분 양치질을 하지 않는다. 대개 집에 와서 '학교 다녀왔습니다.' 라고 말하면 '아니, 입술에 피나네.' 그제서야 고춧가루가 붙어 있음을 알게 된다.

☆ 남학교 : 친구가 '야! 너 고춧가루 끼었어.' 라고 말하면 '어! 키우는 거야.' 라고 답한다.

☆ 남녀공학 : 식사 후 거울을 꼭 보면서 이빨 사이에 낀 고춧가루나 시금치를 제거한다. 또 대다수가 양치질을 한다.

교실에 쥐가 나왔을 때

☆ 여학교 : 뒷문 닫고, 앞문 닫고, 쥐의 출구를 봉쇄한 후, 온몸으로 쥐를 막아서 궁지에 몰아 양동이로 가둔 뒤 쓰레기통에 담아서 이름까지 지어주며 키운다. 이름은 신기하게도 담임선생님과 동명인 경우가 대부분이다.

☆ 남 학 교 : 잡아서 친구 도시락에 넣어 놓는다.

☆ 남녀공학 : 남학생들은 빗자루를 들고 쥐를 잡으러 다니고 여학생들은 책상 위에 올라가서 '꺄악! 꺄악!' 하면서 무서워한다.

커닝의 6도道

☆ 제 1도 : 남이 커닝을 하다가 들키면 안타까워하는 마음을 가지니,
　　　　　이를 인仁이라 한다.

☆ 제 2도 : 커닝을 하다가 들켜도 그 근원지를 밝히지 않으니, 이를
　　　　　의義라 한다.

☆ 제 3도 : 보여준 사람보다 일찍 나가야 하는 것이니, 이를 예禮라
　　　　　한다.

☆ 제 4도 : 감독자의 특성과 우등생의 위치를 알아야 하느니, 이를 지
　　　　　智라 한다.

☆ 제 5도 : 커닝한 답이 이상해도 의심을 하지 않아야 하느니, 이를
　　　　　신信이라 한다.

☆ 제 6도 : 감독자가 바로 옆에 있더라도 커닝은 해야 하느니, 이를
　　　　　용勇이라 한다.

2년만의 고백

영수가 그녀를 짝사랑한 지 벌써 2년.

그러나 영수는 자신의 마음을 그녀에게 아직 고백하지 못하고 있었다.

'이제는 고백할 때가 되지 않았느냐.' 는 친구의 말에 용기를 얻어 4일 동안 정성껏 마음을 담아 사랑고백 편지를 썼다. 그러나 건네줄 기회를 매번 놓쳐 편지는 주머니에서 꼬깃꼬깃해져 있었다.

그러던 어느 날, 영수는 그녀를 보자마자 주머니에서 꼬깃꼬깃해진 편지를 그녀에게 던지듯 건네주고는 수줍어서 얼른 그 자리를 피했다.

다음 날, 그녀가 전화를 하여 만나자고 했다.

영수는 드디어 사랑의 결실을 보게 되는 거라 생각하고 너무 좋았다. 서로 만나 가로등 불빛 아래 달빛을 받으며 그녀가 영수에게 다정스럽게 말했다.

"어제 나한테 2천 원 왜 던졌어?"

성적 올리는 방법

성적이 올라가지 않아 고민하는 학생은 다음 장소에서 아르바이트를
하라.

○ 채소가게 → 쑥쑥 오른다.

○ 점点집 → 점점 오른다.

○ 한의원 → 한방에 오른다.

○ 성형외과 → 몰라보게 오른다.

○ 구두 수선집 → 반짝 오른다.

○ 자동차 대리점 → 차차 오른다.

○ 총알택시 운전 → 따블로 오른다.

불조심 포스터

고등학교 미술 시간에 선생님이 화재 예방에 관한 포스터를 그리라고 하였다. 그리고나서 선생님은 그림을 지도하려고 둘러보던 중 한 학생의 그림을 보고 놀라서 움직이지를 못했다. 그 학생이 그린 그림은 소가 담배를 물고 있고, 개가 라이터로 불을 붙여주는 장면이었는데 그 안의 표어는 이랬다.

"개나 소나 불조심"

말하는 체중계

여고에서 신체검사를 했다.

몸무게 검사는 말을 하는 최신 체중계를 새로 구입하여 처음으로 사용하고 있었다. 그 체중계는 사람이 올라가면 '당신의 몸무게는 50kg입니다.' 라고 말로 알려 주었다.

그런데 80kg를 넘는 여학생이 올라가자 하는 말.

"한 사람씩만 올라가 주십시오."

첫 수업

여고에 총각 선생님이 부임했다.

선생님은 짓궂은 여학생들의 소문을 이미 들어 알고 있었기 때문에 이발도 하고 옷도 깔끔하게 챙겨 입는 등 최대한 신경을 썼다.

그런데 교실에 들어서자마자 여학생들이 깔깔대며 웃는 것이 아닌가.

"학생들, 왜 웃어요?"

"선생님, 문이 열렸어요."

"그래? 거기 맨 앞에 앉은 학생! 나와서 좀 닫아줄래요?"

어떻게 말아요?

남자 고등학교에서 여자 선생님이 수업을 하고 있었다. 점심시간 직후라 꾸벅꾸벅 조는 학생이 많았다. 선생님은 교탁을 탁!탁! 치면서 말했다.

"졸지 마!"

그런데도 학생들은 별 반응이 없었다.

학생들은 여자 선생님이라 만만하게 본 건지 아예 대놓고 잤다. 그래서 선생님이 또 한번 경고했다.

"자지 마!"

하지만 학생들이 끝까지 선생님 말을 무시하고 계속 잠을 자는 게 아닌가. 화가 난 선생님은 크게 소리를 질렀다.

"자지 말라고!"

그러자 한 학생이 자리에서 벌떡 일어나 눈을 비비며 말했다.

"어떻게 말아요?"

니츠판러마?
중국어
눈크게뜨고
따라해

진짜 욕 같은 중국어

무더운 여름. 고등학교에서 점심식사 후 5교시에 중국어 수업을 하고 있었다. 그런데 '수업시간 = 수면시간'이라는 등식이 철저히 적용되는 한 학생이 있었다. 그날도 그 학생은 어김없이 자기 임무에 충실했다.

선생님은 "니츠판러마?(口吃口了口, 식사하셨나요?)"라는 구문을 한창 가르치다가 잠자고 있는 그 학생을 발견하고서 앞으로 다가가 툭 건드리며 "니츠판러마?"하고 말했다. 중국어를 처음 배울 때는 우리말의 욕처럼 들리는 어구가 많은데, 그 학생은 선생님의 말을 그렇게 들은 기색이 역력했다.

학생이 "네?"하고 당황해하자, 선생님은 태연히 한번 더 "니츠판러마?"하였다. 그때 건너편에 앉아 있던 짓궂은 한 학생이 일단 일어서라는 제스처를 보이자, 그 학생은 순순히 일어섰다. 선생님이 한번 더 같은 말을 반복하고, 학생은 그 짓궂은 친구를 '도대체 무슨 말을 하는 거냐?'는 표정으로 쳐다봤다.

드디어 발동이 걸린 짓궂은 학생이 연습장에 '눈 크게 뜨고 선생님을 따라해!'라고 적어서 들어 보이자, 그 학생은 자신 있게 최대한 두 눈을 부릅뜨고 따라했다.

"이 쓰팔 넘아!"

고사성어

어느 남자 고등학교에서 기말고사를 쳤다. '빼어난 미모를 가진 여자를 가리키는 고사성어를 쓰시오.'라는 주관식 한문 문제였다. 정답은 물론 '절세가인絶世佳人'이었다.

시험이 끝나고 한문 담당 여선생님이 수업시간에 들어오자마자 소리쳤다.

"이 반에는 주관식 문제에 답을 이상하게 쓴 놈들이 왜 이렇게 많아! 백윤식! 일어나. 야, 절대미녀가 모냐? 이런 바보 같은 놈"

학생들은 저마다 킥킥대고 웃었다.

"최불암! 일로 나와! 이 놈아! 넌 쭉쭉빵빵이 모냐? 이것도 고사성어냐?"(학생은 '竹竹方方 죽죽방방'이라고 썼다)

몇몇 학생들이 책상을 치며 교실 안이 뒤집어졌다. 선생님은 계속해서 호통을 쳤다.

"그래도 이놈은 조금이라도 나아. 그래도 고사성어라고 네 글자라도 썼네. 오지명! 너 일로 나와! 핑클 짱도 고사성어냐? 이런 미친 놈!"

미팅시 폭탄 분류

1. 최루탄 : 발 냄새, 땀 냄새, 입 냄새 등 인체에서 나는 온갖 고약한
   냄새를 풍기는 사람

2. 오발탄 : 화기애애한 분위기 속에서 갑자기 튀어나와 썰렁한 애기
   로 주위를 어색하게 만드는 사람

3. 야광탄 : 저녁에는 예뻐 보여 애프터 신청했더니 낮에 다시 만났을
   때는 완전히 속았음을 깨닫게 만드는 파트너

4. 공포탄 : 우락부락한 얼굴에
   미팅 내내 인상을
   쓰고 있는 사람

5. 수류탄 : 못생긴 얼굴을
   여드름이 뒤덮
   고 있는 사람

6. 원자폭탄 : 미팅 시작 전부
   터 파장 분위기로 몰고 가는 사람

7. 시한폭탄 : 처음에는 잘 나가다가도 시간이 지나면 분위기를 흐리게
   하거나 사라져버려 사람들을 곤란하게 만드는 사람

8. 유도탄 : 싫다고 해도 끈질기게 쫓아와 떨어질 줄 모르는 파트너

9. 패트리어트 미사일 : 미팅시 상대편에 폭탄이 있으면 빠른 시간 내에
   데리고 나가 자폭하는 사람

여중생의 치한 퇴치법

여중학교에서 여자 교장 선생님이 치한 퇴치법에 대한 보강수업을 하던 중 반장은 상당히 똑똑하고 영리할 것이라고 생각하고 물었다.

교장 : 반장, 네가 12시에 독서실에서 나와 집으로 가는 컴컴한 골목길에서 치한을 만났다면 어떻게 대처하겠어?

반장 : 아주 섹시한 눈으로 그 치한을 뚫어져라 쳐다보며 교복 치마를 올리죠.

교장 : (깜짝 놀라며) 으잉? 그래서 그 다음은?

반장 : 치한의 바짓가랑이를 움켜쥐고 바지와 팬티를 무릎 밑으로 내리라고 애걸복걸하죠.

교장 : (눈에 불을 켜고 화낼 준비를 하며……) 그리고는?

반장 : 그렇게 되면 바지를 내린 그 놈보다 치마를 올린 제가 더 빨리 뛰지 않을까요?

안득기와 선생님

경상도 어느 고등학교에 안득기라는 학생이 수업시간에 친구와 장난을 하다가 선생님 앞으로 불려나갔다.

선생님 : 니 이름이 뭐꼬?

학 생 : 안득깁니더.

선생님 : 안득껴? 좋아, 니·이·름·이·뭐·냐·꼬? 듣기제?

학 생 : 예.

선생님 : 이 자슥바라? 니 이름 뭐냐니깐?

학 생 : 안득깁니더.

선생님 : 안듣기나?

학 생 : 예.

선생님 : 그라모 니 성은 말고 이름만 말해봐.

학 생 : 득깁니다.

선생님 : 좋아. 그라모 성하고 이름하고 다 말해봐라.

학 생 : 안득깁니더.

선생님 : 안듣기이? 이름만 말해봐라.

학 생 : 득깁니더.

선생님 : 이 자슥이, 듣긴다 캤다가 안듣긴다 캤다가 니 장난치나?

학 생 : 새임, 그기 아인데요.

선생님 : 아이기는 뭐이가 아이야? 반장은 몽디 하나 구해오고 니는 주먹 쥐고 엎드리 뻗쳐 임마!

반　장 : 새임! 몽디 구해왔는데요.

선생님 : 이기 몽디 구해오라니까 쇠파이프를 가지고 와? 반장이라카
　　　　는 기 친구 죽일라꼬 작정했구마. 너 이 반에 뭐꼬? 엉?

반　장 : 예? (입안에 뭐가 있느냐로 알아듣고) 껌인데요.

반장과 득기는 선생님한테 하여간 엄청나게 맞았다. 그 후 득기가 자
기 이름에 관해 설명을 해주자 선생님이 미안해서 말했다.

선생님 : 니 이름이 득기였나? 정말 미안하데이. 대신 니 소원 한 가
　　　　지 들어주꾸마. 소원이 뭐꼬?

학　생 : 새임한테 똥침 한번 넣는기 소원입니더.

선생님 : 알았다.

학　생 : 다리 좀 벌리고 수구리 보이소. 더 수구리이소!

선생님 : 알았다.

학　생 : 자, 넣습니더. 슈우~ 빠직!

선생님 : (너무너무 아파서) 아이구~ 덕끼야 자슥아! (덕끼는 득기 이름)

학　생 : 더 끼우라꼬요? 자아, 또 끼웁니데이~

선생님 : 으아아아악!

전공학과에 대한 착각

1. 전자공학과 : 컴퓨터는 물론 팩스에 복사기까지 떠넘기고 형광등도
   잘 고치고 그러는 줄 알아요. 사실은 엑셀, 파워포인트
   도 할 줄 모르는데 안다고 뻥치고 혼자 독학했는
   데……. 무슨 만물박사인 줄 아나봐요.

2. 컴퓨터공학과 : "컴퓨터는 박사겠네!"하면서 고쳐 달래요. 컴퓨터 조
   립이나 고장난 거 수리는 안 배우는데…….

3. 정밀기계공학과 : 시계 고쳐 달래요.

4. 토목공학과 : 삽질하라고 그래요.

5. 무기재료공학과 : "미사일 만들 줄 알겠네?"하고 물어요.

6. 유전공학과 : 머리 좋은 아들 낳는 비법을 가르쳐 달래요.

7. 식품공학과 : "요리 잘 하겠네?"하고 물어요.

8. 환경공학과 : 놀러 가면 쓰레기 분리수거 시켜요.

9. 주거환경학과 : 집 주위 쓰레기 청소하는 공부 하냐고 물어요.

10. 화공학과 : 폭탄 만드는 법 좀 알
    려 달래요. 콜라도 만
    들어 달래요.

11. 화학과 : 빨간색 페인트 좀 사다
    달래요.

12. 철학과 : 사주, 궁합, 관상 봐달라
    고 해요.

13. 천문학과 : 점성술에 별점 봐달라고 해요.

14. 사학과 : 드라마 보다가 궁금하면 전화해서 실시간 확인해요.

15. 심리학과 : 자신이 밥을 먹을까, 안 먹을까 알아 맞춰 보라고 해요.

16. 영문학과 : 장문의 편지를 영작해 달라고 할 때 아주 돌아버립니다.

17. 사회학과 : 모임 있으니 사회 좀 봐달라고 부탁해요.

18. 의상학과 : 바지 밑단 줄여 달래요.

19. 가구디자인과 : 망가진 의자 고쳐 달래요.

20. 축산가공과 : 놀러 가면 닭 잡아달라고 해요.

21. 사회복지과 : 쓰레기 주으라고 하고 양로원에서 똥 치우라고들 해요.

22. 회계학과 : "가계부 잘 쓰겠네!"하면서 저축 많이 했냐고 물어요.
　　　　　　　 그리고 모임에서 돈 관리하는 총무 시킬 때 제일 싫습
　　　　　　　 니다.

23. 가정교육과 : 입학할 때 감자 예쁘게 깎는 시험보고 들어갔냐고 물
　　　　　　　 어요.

24. 비서학과 : 커피 맛있게 타는 방법 좀 알려 달래요.

25. 광고홍보학과 : 간판 만들어 달래요.

26. 통신과 : 전화기 만들어 달래요.

27. 특수교육과 : 특공대 훈련시키는 줄 알아요.

28. 문창(문예창작)과 : 문짝하고 창틀 만드는 줄 알아요.

29. 흑인문화과 : 영어로 랩 해보래요.

30. 태권도학과 : 540도 발차기 한번 해보라고 할 때가 제일 짜증납니다.

31. 동양화과 : 화투 잘 치냐고 물어요.

32. **미대** : "발야구 하게 선 좀 그어라."고 해요.

33. **음대** : "노래는 잘하겠네?"라고 물어요. 음치, 박치 다 있는데…….

좋은 소식

아 들 : 아버지, 좋은 소식이 있어요.

아버지 : 무신 일인디?

아 들 : 제가 이번 시험에서 F학점을 면하면 상금으로 50만원 주시기
로 하셨잖아요?

아버지 : 그런디…….

아 들 : 그 돈 아버지 쓰세요.

학과별 코끼리를 냉장고에 넣는 법

1. 수학과 : 코끼리를 미분하여 넣는다. 또는 반대로 냉장고를 적분해
   도 된다.

2. 위상수학과 : 코끼리에게 냉장고를 먹인 후 코끼리의 입을 뒤집는다.

3. 물리학과 : 코끼리를 빛의 속도에 가깝게 하면 코끼리의 길이가 0에
   수렴하는데, 냉장고에 들어갈 적당한 길이가 되면 넣는다.

4. 천문학과 : 블랙홀을 냉장고 속에 넣고 코끼리를 넣는다.

5. 유전공학과 : 냉장고에 들어가는 코끼리를 유전학적으로 개발하여
   넣는다.

6. 기계설계학과 : 자재만 있으면 충분하다.

7. 수의학과 : 암코끼리의 자궁을 소형 냉장고로 대체 수술한다.

8. 경찰행정학과 : 닭을 고문하여 코끼리라는 자백을 받고 넣는다.

9. 약학과 : 관찰자의 체내에 닭이 코끼리로 보일 때까지 특수 약품을
   투여하여 넣게 한다.

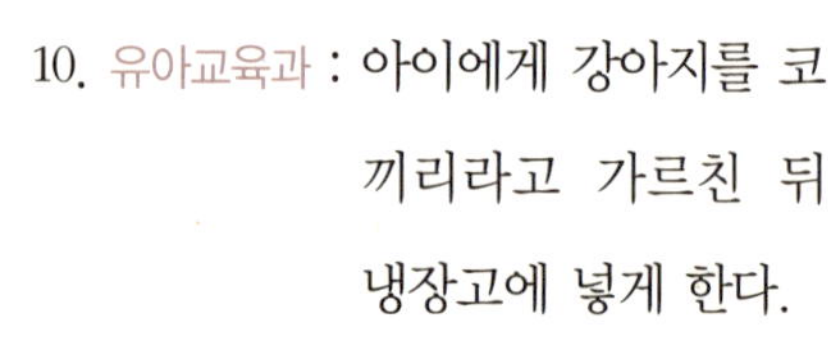

10. 유아교육과 : 아이에게 강아지를 코
    끼리라고 가르친 뒤
    냉장고에 넣게 한다.

11. 생물학과 : 시험관 코끼리를 배양하
    여 넣는다.

12. 원자핵공학과 : 입자 가속기의 입구에
코끼리를 집어넣고 출구에 냉장고를 연결

하여 가속기를 돌린다.

13. 고고학과 : 얼음에 갇힌 맘모스의 화석을 채취하여 얼음 구조물 자
체가 고대 문명의 냉장고란설을 발표한다.

14. 기상학과 : 지구의 평균 온도 저하, 즉 지구의 한랭화설로 지구 전
체를 냉장고로 가정한다.

15. 식품공학과 : 코끼리를 햄으로 가공하여 넣는다.

16. 재료공학과 : 고무로 냉장고를 만든다.

17. 동물행동분석학과 : 타잔의 고함 나는 스피커를 냉장고에 부착한다.

18. 법학과 : 코끼리 집을 냉장고라고 부르게 법을 제정한다.

19. 심리학과 : 관찰자에게 최면을 걸어 코끼리가 냉장고에 들어갔다고
여기게 한다.

20. 연극영화과 : 스티븐 스필버그에게 시킨다.

학과별 물에 빠진 사람을 구하는 방법

1. 화학과 : 소금을 잔뜩 풀어 놓으면 강물의 밀도가 커져서 사람이 뜨는데, 그때 구한다.

2. 화학과 대학원 : 강물을 전기분해하면 산소와 수소로 분리된다. 그때 구한다.

3. 건축학과 : 상류로 올라가 댐을 쌓는다.

4. 광학과 : 오목거울과 볼록렌즈로 햇빛을 모아 강물을 증발시킨다.

5. 지리학과 : 25,000:1 지도를 구해 수심이 얕은 곳을 찾아 물에 빠진 사람이 그쪽으로 떠내려올 때까지 기다린다.

6. 항공학과 : 커다란 선풍기로 물에 빠진 사람을 건너편 강둑으로 날려 보낸다.

7. 의상학과 : 물먹는 하마를 엄청나게 많이 강에 넣는다.

8. 교육학과 : 물에 빠진 사람에게 큰소리로 수영하는 법을 가르쳐 준다.

9. 신학과 : 강물이 두 갈래로 갈라질 때까지 기도한다.

10. 철학과 : 모든 사람은 죽는다. 그도 사람이다. 고로 그는 죽을 것이니 애써 구할 필요가 없다.

미팅의 오류

1. 언제나 참석하는 미팅자리에 어김없이 폭탄들만 나오지만 한번쯤 킹, 퀸카를 만나리라는 마음을 가지니 이것을 인仁이라 한다.
2. 폭탄 중의 폭탄, 핵폭탄을 발견하고 핵폭탄과 함께 조용히 사라져주어 남은 사람들의 분위기를 화기애애하게 해줄 줄 아니 이것을 의義라 한다.
3. 생각지도 못한 폭탄에 정신적인 충격이 크다 할지라도 폭탄의 상처 받음을 생각해주어 커피값 정도 내주어야 하니 이것을 예禮라 한다.
4. 폭탄의 애프터 신청을 잘못 받으면 평생 코가 꿰일 수 있음을 상기하고 "나 내일 이민 가"라고 거짓을 칠 줄 알아야 하니 이것을 지智라 한다.
5. 비록 친구가 폭탄만을 소개시켜 줄지라도 그 친구에게 방실이를 소개하여 폭탄의 아픔을 함께 느끼니 이것을 신信이라 한다.

젓가락과
숟가락만 들고
오세용
그래!
너 잘 났다
이 짐승아
돈이면 다냐
니가 해준 게
뭐가 있어

2부

생활유머

물 좀 줘요!

충청도 시골에 살던 처녀 총각이 결혼을 하여 제주도로 신혼여행을 가서 생전 처음 보는 호텔에 투숙하였다.

신랑 어서 씻어, 첫날밤엔 씻는겨~

신부 알았시유~

한참을 기다려도 욕실로 들어간 신부가 나오지 않았다. 신랑이 욕실 문을 열어보니, 신부가 수세식 변기에 버튼을 눌러 바가지로 그 안에 있는 물을 퍼붓고 있었다.

신랑 아따, 이놈의 여자가 뭐허는겨~ 때 벳기는겨?

신부 어유~ 뭔 놈의 호텔이 물이 안 나와유? 눌러서 받을려고 하면 기어 들어가고 또 눌러서 받을려고 하면 기어 들어가버려유~

신랑 어메~ 무식한 애팬네. 여기는 호텔이여~ 그렇게 하는 게 아녀. 나하는 거 잘 봐.

신랑은 욕조에 달린 샤워기를 입에 갖다대더니 이렇게 말했다 "아! 아! 마이크 시험 중. 아! 아!(큰소리로) 물 좀 줘유~ 물 좀 줘유~"

경상도 여자와 전라도 남자의 결혼

경상도 여자와 전라도 남자가 결혼을 하여 신혼 여행을 갔다. 첫날밤이 되어 신랑은 욕실에서 깨끗이 몸을 씻은 후 홀딱 벗고 침대에 누웠다. 그러자 경상도 신부가 애교를 떤다고 한마디 하였다.

신부 존내 나네예~ (좋은 냄새 나네요~)

신랑은 속으로 '그것을 그렇게 씻었는데도 냄사가 난당가?' 생각하고 곧바로 욕실에 들어가서 한번 더 씻고 나와 다시 신부 옆에 누웠다. 신부가 다시 코에 힘을 주고 애교를 떨었다.

신부 아까보다 더 존내 나네예~

기분을 잡친 신랑은 아무것도 안 하고 잠만 잤다.

다음 날 아침 둘이서 썰렁하니 아침 식사를 하러 갔는데, 신랑이 아무 말도 안 하고 밥을 무지 잘 먹는다. 신부는 이때가 기회다 싶어 또 애교를 떨었다.

신부 씹도 안 하고 잘 묵네예~(씹지도 않고)

신랑 ……!(어~잉 돌·것·따·이)

선생님의 첫날밤

신혼여행을 갔다 온 선생님이
수업을 들어갔다. 학생들은 짓궂
게 첫날밤에 대해 질문하기 시작
했다. 선생님은 약간 당황했지만
아닌 척 말없이 수업을 시작하려
고 했다. 그런데 설상가상으로 한 학생
이 껌까지 짝짝 씹으면서 물었다.

"선생님 첫날밤 어땠어요?"

순간 화가 난 선생님은 학생에게 소리쳤다.

"야! 너 껌 벗어?"

우쒸~ 훔쳐보지 말랬지!

어떤 자매가 있었다. 그런데 동생이 먼저 시집을 가게 되었다. 화가
난 언니는 동생의 여행가방에 든 속옷을 모두 짧게 잘라버렸다. 그것도
모르고 동생은 신혼여행을 떠났다. 호텔에 도착한 신랑은 "나 샤워하는
데 훔쳐보지 마!"하고 샤워를 했다.

그동안 신부는 가방에서 속옷을 꺼내 보았다. 그런데 모든 속옷이 다
비키니처럼 되어있는 것이 아닌가. 신부가 놀래서 "아니, 뭐가 이렇게
짧아!?"하고 소리를 지르니까, 얼굴이 빨개진 남편이 욕실에서 뛰어 나
오며 말했다.

"우쒸~ 훔쳐보지 말랬지!"

바람둥이의 첫날밤

결혼을 앞둔 바람둥이 예비신랑이 그 동안 사귀었던 여자들과 마지막으로 고별정사를 무지 열심히 가졌다. 그런데 질투에 눈먼 아가씨가 남자의 거시기를 물어 상처가 나버렸다. 결혼날짜는 잡혔고, 할 수 없이 남자는 의사한테 가서 통사정을 했다. 그러자 의사가 거시기에 삥삥 돌아가며 네 개의 나무판대기로 부목을 대주었다.

드디어 신혼 첫날밤.

잠자리에 든 신랑은 신부에게 뭐라고 변명을 해야 할지 걱정이 태산이었다. 신부가 기다리기 갑갑했던지 옷을 벗더니 다리를 벌려 그 곳을 보여주며 말했다.

"저기, 있잖아요. 이거 아무도 건드리지 않은 깨끗한 새 거예요. 당신이 가지세요."

그러자 바람둥이 남편이 팬티를 벗으며 말했다.

"이건 어떻고? 봐! 아직 박스도 안 뜯었잖아!?"

결혼한 이유

　결혼한 지 3개월이 지난 신혼 부부가 TV 앞에 다정하게 앉아 미스코리아 선발대회를 시청하다가 아내가 갑자기 농익은 콧소리로 말했다.

아내　여보~옹 자기는 내가 저 10번처럼 섹시해서 결혼했~어?

남편　아니…….

아내　그럼, 저 16번처럼 예뻐서 결혼한 거야~응?

남편　그것도 아닌데.

아내　그럼 당신은 왜 나하구 결혼한 거~양?

남편　"당신의 그런 유머감각 때문에 결혼했지."

남편의 저녁밥

새로 결혼한 부부의 이야기.

결혼하고 첫날 남편이 회사에 갔다. 신부는 저녁식사를 차려놓고 기다리다가 남편이 집에 돌아오자 반갑게 맞으며 말했다.

"여보! 저녁 드세요."

그러자 남편은 식탁은 보지도 않은 채 신부를 보며 말했다.

"아냐, 난 당신이면 돼."

그리고는 신부를 안고 침실로 향했다. 다음 날도 그랬고, 그 다음 날도 또 그랬다. 그리고 그 다음 날.

남편이 집에 돌아오니 신부가 뜨거운 욕조에 들어가 있었다.

"당신 지금 뭐하고 있는 거야?"

"당신 저녁밥 데우는 중인데요."

신혼부부 이야기

둘도 없는 친구인 순이와 영희는 결혼도 같은 날 하고, 신혼살림도 한집에서 하게 되었다. 그런데 순이는 빨래만 하면 비가 오고, 영희는 빨래만 하면 해가 반짝 났다. 그래서 순이가 물었다.

"해가 나는 날을 어떻게 알 수 있니?"

"아침에 일어나 신랑의 물건이 왼쪽으로 있으면 비가 오고, 오른쪽으로 누워 있으면 해가 나던데……."

다음 날, 순이가 아침에 일어나 빨래를 하려고 남편을 봤다. 그런데 남편의 그것이 가운데에 딱 버티고 서 있었다. 순이가 영희에게 쫓아가서 물었다.

"우리 거시기가 중간에 버티고 있는데 빨래를 해야 하니, 말아야 하니?"

"야, 이 바부팅아! 그 좋은 때 빨래만 할 거야?"

마누라보다 옆집 부인이 좋은 점

1. 우선 옆집 부인은 매일 보지 않아도 되고, 먹여 살릴 필요가 없다.

2. 마누라는 인상만 쓰지만, 옆집 부인은 짧은 인사말에도 웃음으로 답하며 반가워한다.

3. 옆집 부인은 월급이 안 나와도 눈치볼 필요가 없으며, 아무것도 요구하지 않는다.

4. 옆집 부인은 밥 남긴다고, 술 먹지 말라고, 고스톱 치지 말라고, 담배 끊으라고, 매일 운동하라고, 늦게 들어온다고, TV 끄고 자라고, 늦잠 잔다고, 머리 감으라고, 발 씻으라고, 면도 자주 하라고, 손톱 깎으라고 잔소리하지 않는다.

5. 옆집 부인은 생활비 올려달라고 하지도 않으며, 보너스와 수당을 챙기지 않는다.

6. 옆집 부인은 돈 이야기를 하지 않으며, 술 취한 남편 지갑과 호주머니를 뒤지지 않는다.

7. 옆집 부인은 얼굴 원판 고쳐달라고 떼쓰지 않으며, 성형수술해도 계산서가 안 나온다.

8. 옆집 부인은 화장을 지워도 딴사람 같지 않으며, 화장 안 해도 얼굴에 잔털이 안 보인다.

9. 옆집 부인은 잘 사는 동창 들먹여 남편 기죽이지 않는다.

10. 옆집 부인은 친정 식구 데려다 외식하지 않는다.

11. 옆집 부인은 짧은 다리통에 미니스커트 입지 않는다.

12. 옆집 부인은 길 걸을 때 남자 바지 쪽에 눈맞추지 않는다.

13. 옆집 부인은 침 흘리고, 입냄새 풍기며 자는 모습을 볼 일이 없다.

14. 옆집 부인은 매일 키스 해달라고 성가시게 하지 않는다.

15. 마누라는 돈이 들었지만 옆집 부인은 공짜로 감상한다.

16. 마누라는 안 바뀌지만 옆집 부인은 가끔 바뀐다.

그래도 마누라가 꼭 필요하고 좋은 이유는? 365일 밥을 해주는 까닭이다.

남편의 능력

밤일과 낮일을 다 잘하는 남편인지, 아니면 둘 다 못하는 남편인지는 부부싸움을 할 때 옆에서 지켜보면 쉽게 알 수가 있다.

1. 밤일과 낮일을 다 잘하는 남자와 싸우는 부인은 이렇게 말한다.
   "그래. 그래. 너 잘 났다."
2. 낮일은 잘 하는데 밤일을 못하는 남자와 싸우는 부인은 이렇게 말한다.
   "돈이면 다냐?"
3. 밤일은 잘 하는데 낮일은 못하는 남자와 싸우는 부인은 이렇게 말한다.   "니가 사람이냐? 짐승이지."
4. 밤일이고 낮일이고 다 못하는 남자와 싸우는 부인은 이렇게 말한다.   "니가 나한테 해준 게 뭐가 있다고 지랄이냐?"

남편과 강아지의 공통점

1. 털이 많다.

2. 먹이를 챙겨줘야 한다.

3. 가끔씩 데리고 놀아줘야 한다.

4. 복잡한 말은 알아듣지 못한다.

5. 초장에 버릇을 잘못 들이면
내내 고생한다.

그러나 남편이 강아지보다 좋은 점은

1. 돈을 벌어온다.

2. 간단한 심부름은 시킬 수 있다.

3. 훈련을 안 시켜도 대소변은 가린다.

4. 집에 두고 여행을 갈 수 있다.

5. 같이 외출할 때 출입 제한구역이 적다.

그럼에도 불구하고 강아지가 더 좋은 까닭은

1. 신경질이 날 때 발로 뻥 찰 수 있다.

2. 한 집안에 두 마리를 함께 길러도 뒷탈이 없다.

3. 강아지의 부모 형제로부터 간섭을 받지 않는다.

4. 외박을 하고 들어와도 꼬리치며 반겨준다.

5. 데리고 살다가 싫증이 나서 내다버릴 때 변호사가 필요 없다.

공처가 표어 대회 입상작들

☆ 장려상 : 아내의, 아내에 의한, 아내를 위한 남편이 되겠습니다.

☆ 동상 : 아내가 나를 위해 무엇을 할지 생각하기 전에 내가 아내를
위해 무엇을 할지 먼저 생각한다.

☆ 은상 : 나는 아내를 존경한다. 고로 존재한다.

☆ 금상 : 나는 아내를 위한 역사적 사명을 띠고 이 땅에 태어났다.

☆ 특별상 : 니들이 아내를 알어?

☆ 공로상 : 나에게 아내가 없다는 것은 저를 두 번 죽이는 거예요.

☆ 영예의 대상 : 내일 지구가 멸망한다 해도 나는 오늘 설거지, 청소,
빨래를 할 것이다.

남편들이 아내에게 하고 싶은 말

마누라! 나 맞아죽어도 이 말은 해야겠소.

1. 아침에 눈을 뜨면 눈시리게 예쁜 얼굴로 뽀뽀를 해 주지는 못할망정 엉클어진 파마머리에 눈곱이라도 떼면 좋겠소.

2. 설령 내가 일어나지 못하면 애교 섞인 목소리로 깨워주지는 못할망정 애들이라도 학교에 지각 안 시켰으면 좋겠소.

3. 아침에 보온밥통에 있는 빛 바랜 밥과 먹다 남은 반찬이라도 얻어 먹고 출근했으면 좋겠소.

4. 입고 나가는 속옷에 대하여 제발 좀 신경 끄고, 아니면 어느 년 만나러 가나 의심하는 눈초리로 보지 않았으면 좋겠소.

5. 나의 건망증을 탓하기 전에 맨날 열쇠와 핸드폰 잊어버리는 자기 자신을 좀 돌아보고, 나의 옛날 여자에게 전화 한번 온 것 아직도 잊지 않고 기억해서 난리치는데, 이거 안 하면 좋겠소.

6. 근무 중인 내게 전화해서 분위기 파악도 못하고 날씨 좋으니까 휴일날 놀러 가자고 한 것 때문에 상사에게 뒈지게 욕먹고 있는데, 아이고 죽겠소!

7. 반찬으로 며칠 전 먹던 된장찌개에 파만 썰어 넣고 재탕을 하거나, 곰팡이 냄새나는 김장김치를 제발 주지 않았으면 좋겠소.

8. 직장에 환멸을 느낀 나에게 이젠 좀 쉬라고 위로는 못할망정 남들은 돈도 잘 벌어 오는데 쥐꼬리만한 월급도 억지로 타오냐며 구박 좀 하지 않았으면 좋겠소.

9. 하는 일은 아무것도 없으면서 살이나 디룩디룩 찌고, 맨날맨날 코
골며 낮잠 좀 자지 말았으면 좋겠소.

10. 내가 시린 바람이 들어온다고 하면 남자가 그런 것도 못 참냐고
구박하면서 내가 보는 데서 지 혼자 보약이나 먹지 않았으면 좋
겠소.

11. 아이들에게 지 애비 닮아서 저렇다고 잔소리 안 했으면 좋겠소.

12. 추운 겨울날 어쩌다 거실에서 담배 한번 피는 것 가지고 담배 냄
새난다고 잔소리하지 않았으면 좋겠소.

13. 휴일날 좀 쉬게 달달 볶지 않았으면 좋겠소. 아이고! 오늘 나 집
에 못 들어가요.

남편들의 헌장

우리는 아내로부터 '지켜야 할 것들' 이라는 것을 귀에 못이 박히게 들어왔다. 이에 우리도 '남편들의 헌장' 을 선포 한다.

1. 화장실 좌변기 뚜껑을 올려놓는다고 구박하지 말아라. 당신이 내려 났다고 해서 그걸로 구박한 적이 있었던가?

2. 우린 정말 날짜 같은 건 기억을 못한다. 축하 받고 싶으면 달력에 생일과 기념일을 빨간 매직으로 큼지막하게 표시해 놓고 시간 날 때마다 상기시켜라. 그래도 지나칠 수 있는 게 남자다.

3. 발런타인 데이나 각종 기념일들은 아직까지 받지 못한 선물을 찾는 퀘스트가 아니다. 항상 그런 특별한 날들로 날 그만 괴롭혀라. 안 그래도 고민할 일 너무 많다.

4. 제발 우리에게 커플 일기장 같은 거 쓰자고 하지 마라. 남자는 지 혼자 쓰는 일기도 잘 안 쓴다. 설사 쓰자고 해도 안 쓰는 건 불 보 듯 뻔하다.

5. 남자는 가끔 아내 생각 안 하고 살 수 있다. 그게 남자다. 그냥 그 러려니 해라.

6. 쇼핑은 스포츠가 아니다. 그리고 우린 절대로 당신들이 생각하듯 쇼핑을 운동처럼 생각할 수 없다. 4시간씩 짐 들고 졸졸 쫓아다니 는 건 정말 지옥이다.

7. 울지 마라! 정말 무섭다.

8. 원하는 게 있으면 시원하게 말해라. 이것만큼은 좀 확실히 하자. 미묘한 암시, 아니 강한 암시로도 통하지 않는다. 확실히 말하지 않는 한 우린 절대 알 수 없다. 우리들이 둔해서인지, 아니면 익숙 하지 않아서인지는 모르겠지만 분명 암시는 통하지 않는다. 그냥 시원시원하게 말로 해라. 제발!

9. 대부분의 남자들은 3켤레 정도 신발과 몇 안 되는 옷을 갖고 있다. 명심해라. 당신이 입고 있는 옷과 정말 잘 어울리는 복장을 하려면 서른 개는 넘어야 할거다. 우리의 옷이 당신 분위기와 맞지 않는다 고 하더라도 그냥 넘어가라. 몇 안 되는 것들로 이 정도 차려입기 도 힘들다.

10. 6개월 전에 우리가 했던 이야기들은 이미 옛날 이야기일 뿐이다. 미안하지만 남자들이 하는 말은 일주일만 지나면 흘러간 유행가 다. 이해해라. 우린 원래 이렇다. 몇 달 전에 선물 사준다더니, 편

지 써준다더니……. 이런 건 잊는 게 당신들의 정신 건강에 좋다.

11. 당신 자신이 뚱뚱하다 생각되어도 우리에게 확인받으려 하지 말
    아라. 대답하기 곤란하다.(살쪘다고 말하면 나까지 힘들어진다. 그냥 혼
    자 고민해라.)

12. 길 가면서 곁눈질로 딴 여자들 쳐다보는 것, 그거 본능이다. 이성
    으로 제어할 수 있는 성질이 아니다. 그냥 이해해라.

13. TV 시청할 때 가능하다면 광고 중에 할 말을 해주면 좋겠다. 한
    참 재미있는 영화나 스포츠 보는데 말걸지 말라.(나도 당신 드라마
    보는 것만큼 집중한다.)

14. 우리의 일상이 우리가 처음 만난 두 달과 똑같기를 바라지 말아
    라. 섭섭하고 마음에 안 들어도 그냥 혼자 이겨내라. 괜히 당신
    여자친구들 붙잡고 내 흉보면서 밤새지 말아라. 당신 친구들이 내
    약점 하나하나 다 안다고 해도 당신과 나 사이에 좋은 일 생기지
    않는다.

15. 우리는 독심술사가 아니고, 또 될 수도 없다. 당신 맘을 좀 못 알
    아준다고 해서 그게 당신에 대해 전혀 신경 안 쓰고 있는 게 아니
    다. 그냥 표현해라. 말로 하면 다 알아 듣는다.

16. 당신 지금 갖고 있는 옷 충분히 많다. 신발 또한 충분하다. 정말
    신발 많이 갖고 있다니까……. 내 말 좀 믿어라.

남편의 푸념에 대한 해결책

1. 신혼 때는 아내가 설거지하고 있을 때 뒤에서 꼭 껴안아 주면 가만히 있었습니다. 그러다가 설거지 중에 뽀뽀도 하고 그랬습니다. 지금은 설거지할 때 뒤에서 껴안으면 바로 설거지 구정물 얼굴에 튕깁니다.

   → "설거지하기 힘들지?"하면서 같이 설거지를 해주어라.

2. 신혼 때는 월급날엔 정말 반찬이 평소와는 달랐습니다. 반찬이 아니라 요리였습니다. 지금은 월급날 "쥐꼬리 같은 돈으로 사네, 못 사네." 하면서 바가지 긁는 바람에 쪼그려 앉아 밥 먹습니다.

   → 거꾸로 온갖 감언이설로 맞벌이의 중요성을 강조하여 돈벌어 오게 하라.

3. 신혼 때는 극장에서 영화보고 집까지 걸어오며 절반거리는 업고

오기도 했습니다. 엊그제 "업혀봐!"하며 등 내밀었더니 냅다 등을
걷어차였습니다. 엎어져서 코 깨졌습니다.

→ "신혼 때 많이 업어주었으니 나도 업어 줘."하고 요청하라.

4. 신혼 때는 집에서 밤샘작업 한다치면 같이 잠 안 자며 야식도 해
주고 했습니다. 지금 집에서 밤샘작업하다가 밥 차려 먹을라치면,
문열고 나와서는 "부스럭거리는 소리 시끄럽다."면서 조용히 하라
고 협박하고 들어갑니다.

→ 미리 야식거리 만들게 하고, 사랑한다는 편지를 써주어라.

5. 신혼 때는 다시 태어나도 나랑 결혼한다 했습니다. 지금은 당장이
라도 찢어지고 싶답니다. 자식 때문에 참는답니다.

→ 일단은 아이와 같이 들어주어라. 그리고 너 태어날 때 거기가
찢어지게 아파서 그러는 거라고 아이에게 책임전가 해라

6. 신혼 때는 기상시간이 늦는 나를 깨울 때 녹즙이나 맛있는 반찬을
입에 물려주곤 했습니다. 지금은 일어나 보면 혼자 싹 밥 먹고는 동
네 아줌마들한테 마실 나가고 식은 밥 한 덩어리 흔적도 없습니다.

→ 언제 날을 잡아서 동네아줌마들을 초대해서 아줌마들보다 더
푼수 짓을 해라. "아이, 언니 잘 있었어?", "아이, 언니들만 재
미있는 이야기하지 말고 나도 끼워 줘!" 이때 애교버전이 중요
하다.

7. 신혼 때는 생일선물을 꼬박꼬박 챙겨 받았습니다. 컴퓨터, 벨트,
지갑, 금목걸이 등등. 지금은 내 생일이 언제인지도 모르겠습니다.

→ 달력에 빨간색으로 '내 생일' 하고 적어 두어라. 그리고 당일 아

침 출근할 때 "퇴근 후 보겠어."라고 협박해라.

8. 신혼 때는 내가 새로운 일을 시도한다고 하면 적극 찬성하고 밀어
   주었습니다. 지금은 새로운 일 한다고 말 꺼내면 죽습니다. 없는
   살림 말아먹었던 죄가 있으므로…….
   → 이는 상대방에게도 문제가 있다. 부부는 의사결정을 같이 책임
     지는 공동체이므로 상대방에게 책임을 전가하는 것은 비겁한
     비난이라고 강변하라.

9. 밤에 잠든 아들 옆에 누워서 책을 보고 있었습니다. 아내가 내 옆
   에 있는 리모콘 달라고 하기에 "뽀뽀해주면 주지."라고 말했습니
   다. 리모콘으로 입술 무지 맞았습니다. 뽀뽀해 달라고 한 것이 그
   렇게 큰 죄인지 진짜 몰랐습니다. 아직도 입술이 얼얼합니다.
   → 가정폭력으로 고소해라. 아내가 돈이 많으면 위자료도 톡톡히
     챙기고.

이런 남편 좀 보소

1. 아내가 설거지를 하면서 말했다. "애기 좀 봐요!" 그래서 난 아기를 봤다. 한시간 동안 보고만 있다가 아내에게 행주로 눈탱이를 얻어맞았다.

2. 아내가 청소를 하며 말했다. "세탁기 좀 돌려줘요!" 그래서 난 낑낑대며 세탁기를 빙빙 돌렸다. 힘들게 돌리고 있다가 아내가 던진 바가지에 뒤통수를 맞았다.

3. 아내가 TV를 보며 말했다. "커튼 좀 쳐요!" 그래서 난 기다란 구두주걱을 가져다가 커튼을 툭! 치고 왔다. 아내가 던진 리모콘을 피하다가 벽에 옆통수를 부딪혔다.

4. 아내가 빨래를 널며 말했다. "방 좀 훔쳐요!" 그래서 난 용기 있게 말했다. "훔치는 건 나쁜 거야." 그랬더니 아내가 빨래바구니를 던지기에 피하다가 걸레를 밟고 미끄러져 엎어지는 바람에 코피가 터졌다.

5. 아내가 아기를 재우며 말했다. "애 분유 좀 타요!" 그래서 난 분유통을 타고서 끼랴! 끼랴! 했다. 아내가 던진 우유 병을 멋지게 받아서 도로 주다가 허벅지를 꼬집혀 퍼어런 멍이 들었다.

6. 아내가 만화책을 보고 있는 내게 말했다. "이제 그만 자요!" 그래

서 난 근엄하게 말했다. "아직 잠이
들지도 않았는데 그만 자라니……."
아내의 베개 풀 스윙을 두 대 맞고
거실로 쫓겨나서 소파에 엎드려
울다가 잠들었다.

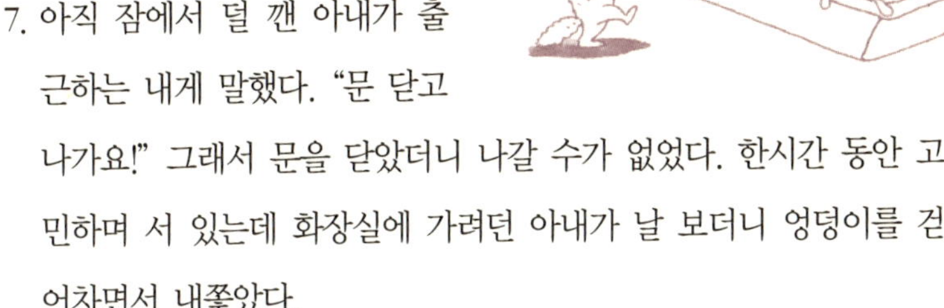

7. 아직 잠에서 덜 깬 아내가 출
   근하는 내게 말했다. "문 닫고
   나가요!" 그래서 문을 닫았더니 나갈 수가 없었다. 한시간 동안 고
   민하며 서 있는데 화장실에 가려던 아내가 날 보더니 엉덩이를 걷
   어차면서 내쫓았다.

8. 아기 목욕을 시키던 아내가 말했다. "애기 욕조에 물 좀 받아요!"
   그래서 아기 욕조에 담긴 물에다 머리를 철벅 철벅 하면서 박치기
   를 했다. 그러는데 아내가 뒤통수를 눌러서 하마터면 익사할 뻔했
   다.

남편의 바람기

한 여자가 결혼을 했다.

그런데 신랑이 신부가 버젓이 있는데도 날이면 날마다 바람을 피우는 것이었다. 신부가 애원도 해보고, 달래보기도 하고, 화도 내보았지만 신랑의 바람기는 도무지 잡힐 기미가 없었다. 신부는 마지막 수단으로 신랑을 따로 격리시키면 버릇을 고칠 수 있을 것이라고 생각했다.

그녀가 생각해낸 곳은 바로 북극이었다.

그곳에는 주변에 사람이 없을 것이 뻔하고 외로움에 지치게 되면 당연히 버릇이 고쳐질 뿐 아니라 신부의 소중함까지 알게 될 것이라고 생각했다. 그래서 신랑을 북극으로 쫓아보내고 한 달이 지나자 신랑이 어떻게 하고 있을지 궁금하여 찾아갔다.

신랑은 북극곰에게 쑥과 마늘을 먹이고 있었다.

좋은 아내와 나쁜 아내

1. 좋은 아내는 천사같이 되려고 노력한다.

    → 나쁜 아내는 자기가 천사라고 믿는다.

2. 좋은 아내는 조그마한 선물을 받고도 기뻐한다.

    → 나쁜 아내는 뭘 사줘도 잘못 샀다고 구박한다.

3. 좋은 아내는 집안에서나 집밖에서나 똑같이 대해준다.

    → 나쁜 아내는 밖에 나가면 천사가 되지만 둘만 되면 다시 악악
    거린다.

4. 좋은 아내는 조그마한 일이라도 남편이 원하는 것이면 기억을 했
    다가 해준다.

    → 나쁜 아내는 남편이 원하는 것이라면 뭐든지 안 된다고 빡빡거
    린다.

5. 좋은 아내는 남편이 방귀를 뀌어도 싫은 내색을 내지 않는다.

    → 나쁜 아내는 차 안에서 방귀를 소리내어 뀌고도 남편이 창문을
    열려고 하면 못 열게 한다.

6. 좋은 아내는 남편의 실수를 들춰 내지 않는다.

    → 나쁜 아내는 남편의 실수를 공개와 처벌로 마무리한다.

7. 좋은 아내는 남의 흉을 보지 않는다.

    → 나쁜 아내는 자기가 남의 흉을 볼 때 남편이 자기 편을 안 들
    어준다고 악악거린다.

8. 좋은 아내는 남편이 아픈 것 같으면 더 잘해준다.

→ 나쁜 아내는 남편이 아프다고 하면 아프려면 혼자 조용히 아프라고 소리 지른다.

9. 좋은 아내는 남편이 사준 차를 버릴 때까지 고마워하며 운전한다.

→ 나쁜 아내는 남편이 차를 사주면 진작 사주지 여태까지 뭐 했냐고 소리 지른다.

10. 좋은 아내는 희망과 사랑으로 매일을 산다.

→ 나쁜 아내는 절망과 푸념으로 매일을 산다.

11. 좋은 아내는 남편이 실직을 해도 격려하고 직장 찾을 때까지 같이 해준다.

→ 나쁜 아내는 좋은 직장에 잘 다니는 남편을 구박해서 실직하게 만든다.

12. 좋은 아내는 친구들이 자기네들의 남편을 흉볼 때 끼지 않는다.

→ 나쁜 아내는 자기 남편을 제일 먼저 도마 위에 올려놓고 난도질한다.

13. 좋은 아내는 남편과 같이 식사하는 것을 즐거움으로 생각한다.

→ 나쁜 아내는 외간 남자와 식당에서 식사하는 것을 즐거움으로 생각한다.

14. 좋은 아내는 남편이 주말에 늦게까지 자고 있으면 더 자라고 조용하게 해준다.

→ 나쁜 아내는 남편이 자기보다 더 자는 걸 눈뜨고 못 보며 옆구리를 힘차게 발로 찬다.

15. 좋은 아내는 화장실에 있는 남편을 위해서 재미있는 잡지를 가져

다준다.

　→ 나쁜 아내는 남편이 화장실에서 쭈그리고 앉아 있으면 문을 열
　어 젖히고 빨리 나오라고 소리 지른다.

16. 좋은 아내는 남편이 예쁘다고 말해주면 즐거워한다.

　→ 나쁜 아내는 남편이 예쁘다고 말해주면 언제는 미웠었냐고 따
　진다.

17. 좋은 아내는 남편이 이불을 걷어차면 조용히 덮어준다.

　→ 나쁜 아내는 남편이 잠들면 이불을 조용히 걷어온다.

18. 좋은 아내는 남편한테 새 양복을 사주고서 기뻐한다.

　→ 나쁜 아내는 남편이 새로 양복을 산다고 하면 애인 생겼냐고
　다그친다.

19. 좋은 아내는 남편의 와이셔츠를 다리면서 그 옷을 입고 멋있게
꾸민 남편의 모습을 상상한다.

　→ 나쁜 아내는 남편이 와
　이셔츠를 입으면 다
　려놓기 무섭게 쏙쏙 빼
　입는다고 소리 지른다.

20. 좋은 아내는 남편이 출장
을 가면 돌아오는 날을
위해서 맛있는 음식 준비
를 한다.

　→ 나쁜 아내는 남편이

출장을 가면 어떤 남자 친구를 만날까 궁리한다.

21. 좋은 아내는 남편이 출장을 가서 전화해주면 반가워한다.

→ 나쁜 아내는 남편이 출장을 가서 전화해주면, 누구 감시하느냐
고 소리 지른다.

22. 좋은 아내는 가끔 나쁜 아내가 될 수도 있다. 사람이니까.

→ 나쁜 아내가 가끔 좋은 아내가 된다는 것은 불가능하다. 사람
이 아니니까.

23. 좋은 아내는 남편에게 사고라도 날까봐서 늘 걱정을 해준다.

→ 나쁜 아내는 사고가 났다는 뉴스를 들으면 바로 방송국에 전화
해서 남편이름을 확인한다.

24. 좋은 아내는 잠자는 남편의 손을 한번 꼬옥 잡아본다.

→ 나쁜 아내는 잠자는 남편의 허벅지를 꼬옥 꼬집어본다.

25. 좋은 아내는 남편이 청소를 깨끗하게 못해놔도 나중에 몰래 마무
리를 한다.

→ 나쁜 아내는 남편이 청소를 잘 해놔도 트집을 잡으려고 뒤지고
다닌다.

26. 착한 아내에게는 남편이 화를 내도 소용이 없다. 맞받아서 같이
화를 내지 않기 때문에.

→ 나쁜 아내가 화를 내면 남편은 대꾸도 할 수가 없다. 즉석 사형
이기 때문에.

27. 착한 아내에게 제일 중요한 건 남편의 사랑이다.

→ 나쁜 아내에게 제일 중요한 건 자기 자신의 자랑이다.

28. 착한 아내는 남편 월급이 오르면 같이 기뻐한다.

→ 나쁜 아내는 남편 월급이 오르기도 전에 신용카드로 자기 옷을
　사버린다.

29. 착한 아내와 남편 사이를 갈라놓을 수 있는 것은 두 사람의 죽음
밖에는 없다.

→ 나쁜 아내의 남편이 자유로워질 수 있는 길은 자기 자신의 죽
　음 밖에는 없다.

30. 착한 아내의 잔잔한 미소는 모든 사람의 마음을 즐겁게 한다.

→ 나쁜 아내의 잔인한 미소는 모든 사람의 등골을 오싹하게 한다.

31. 착한 아내에게는 남편의 죽음보다 더 이상 슬픈 일이 없다.

→ 나쁜 아내는 남편이 죽으면 기왕 죽을 것 일찍 죽지 않고 재혼
　도 못하게 늦게 죽었다고 화를 낸다.

아내가 변하는 모습 3단계

반찬 투정

☆ 애 하나 : 반찬이 맛 없어? 내일은 꼭 맛난 것 만들어 놓을게……. 미안!

☆ 애 둘 : 이만하면 괜찮은데, 애도 아니면서 웬 타박이야?

☆ 애 셋 : (투정부린 반찬을 확 걷어다가 쓰레기통에 처박으며) 배때기가 불렀어!

잦은 사랑

☆ 애 하나 : 오늘 또 해? 당신 건강이 걱정돼~애. 아~이잉!

☆ 애 둘 : 이런데 힘 그만 쓰고 돈 버는 데나 힘 써!

☆ 애 셋 : (발길로 걷어차며) 너 짐승이니?

자녀 키우기

☆ 애 하나 : 하나는 부족하지? 둘은 있어야 안 외롭겠지!

☆ 애 둘 : 하나만 낳고 끝낼 걸 그랬나? 애들이 왜 이리 말을 안 들어 먹냐?

☆ 애 셋 : (남편 아랫부분을 흘겨보곤 악을 쓰며 고함친다) 그러길래 예비군 훈련 가서 공짜로 묶어버리라고 했잖아~앗!

돈에 대한 가치관

☆ 애 하나 : 돈 많으면 뭘 해? 당신만 있음 돼. 원래 돈은 부족한 듯
한 게 좋아!

☆ 애　둘 : 돈! 돈! 돈! 불러도 대답 없는 이름이여!

☆ 애　셋 : (월급 명세서를 뚫어지게 바라보며) 내일부터 밥 없따이.

와이셔츠 다림질

☆ 애 하나 : 이리 줘~잉! 남자가 왜 이런 걸 하고 그래 앵! 내가 다
할끄야앙!

☆ 애　둘 : 당신이 좀 도와주면 어디 덧나냐? 애 뒤치닥거리도 많고
바뻐 뒤지겠구만…….

☆ 애　셋 : (세탁기에서 주름이 쭈글쭈글한 것을 꺼내며) 알아서 입고 가던
지 말던지 해!

TV 채널 선점권

☆ 애 하나 : 당신 보고싶은 것 봐! 나는 애기 재우고 있을께.

☆ 애　둘 : 남사가 쪼잔하게시리 맨날 TV에 목매구 있냐? 에구, 지겨
워!

☆ 애　셋 : (무심결에 아내가 보던 드라마 채널을 다른 데로 돌리면 두 말도
필요 없다) 셋 신다이~! 하나~ 두울~ 세~……!

멋진 남자 탤런트를 볼 때

☆ 애 하나 : 인간성은 별루일꺼야, 그치? 자기야. 나는 자기가 젤루 멋
잇쩡. (홍알 홍알~)

☆ 애 둘 : 애들만 없어도 저런 넘하고 연애도 해볼 텐데…….

☆ 애 셋 : (말없이 한참을 남편을 뚫어져라 꼬나보다가) 눈에 콩깍지가 된
통으로 씌였었지. 기구한 내 팔자야! 지금 당장 내 눈앞에
서 사라진다. 실시!

패션쇼를 볼 때

☆ 애 하나 : 한 때야, 한 때! 유행이란 금방 시들해지는 걸 뭐!

☆ 애 둘 : 저런 옷 입는 것들은 무슨 복을 타고 났을꼬? 제기랄!

☆ 애 셋 : (자기 옷 꼬라지를 쳐다보며 혼자 중얼거린다) 어~휴! 내 팔자
야. 이게 다 저 인간을 선택한 댓가야. 복이라곤 다 빗겨
갔나봐! 모든 게 내 탓이지, 내 탓~!

감기 걸린 남편을 대하는 태도

☆ 애 하나 : 당신이 건강해야 우
리 식구가 안심되죠!
약부터 드시고 푹 쉬
세요.

☆ 애 둘 : 밤새도록 술 퍼대고, 줄담
배 피는데 여지껏 안 아

팠던 게 용한 거지!

☆ 애　셋 : (콧물 훌쩍이는 소리만 들려도) 애들한테 옮기기만 해봐라! 죽

을 줄 알어~ 너 죽고 나 사는 날이여, 그 날이…….

해도 돼! 우린 애 못 낳는대~

여섯 살짜리 남녀 아이가 소꿉장난을 하고 있었다. 그런데 갑자기 남자아이가 주방으로 달려가더니 음식을 만들고 있는 엄마에게 물었다.

"엄마! 우리도 애 낳을 수 있어?"

그러자 엄마는 황당해하며 얼버무렸다.

"쪼그만 게 못하는 소리가 없네. 너희는 너무 어려서 못 낳아!"

남자아이는 곧바로 여자아이에게 달려가 말했다.

"해도 돼! 해도 돼! 우린 해도 애 못 낳는대!"

처의 종류

☆ 악을 고래고래 잘 지르면? – 악처

☆ 현모가 두 여자를 거느리면? – 현모양처

☆ 아침마다 요강을 비우면? – 조강지처

☆ 지금 매우 지쳐 있으면? – 현지처

☆ 세종로나 과천 청사에 가면? – 부처

☆ 사는 곳을 잘 모르면? – 모처

☆ 가까이에 살고 있으면? – 근처

☆ 예측하지 못해 탄식하면? – 미처

☆ 그림솜씨가 좋으면? – 커리커처

☆ 약간 찰과상을 입으면? – 일부다처

☆ 야구장에서 마스크를 쓰면? – 케처

☆ 사업으로 서로 돈을 벌면? – 거래처

☆ 민주국가에서 결혼하면? – 일부일처

이래서 남편이 필요해요

1. 밤늦게 쓰레기 버리러 나가야 할 때
2. 한밤중에 손이 닿지 않는 곳이
   가려울 때
3. 화장실에서 볼일 보고 뒷마무
   리하려는데 화장지 떨어졌다는
   것을 알았을 때
4. 내가 좋아하지 않는 음식이 남아서
   처치 곤란일 때
5. 귤 껍질을 벗겼는데 먹어보니 너무 실 때
6. 졸려죽겠는데 일어나서 스탠드 불을 꺼야 할 때
7. 대형 할인점에 갈 때
8. 짐도 많은데 아이가 차 안에서 잠들었을 때
9. 좋아하는 콘서트에 가고 싶은데 마땅히 같이 갈 사람이 없을 때
10. 모처럼 자유인 주말에 친구를 만나려고 여기저기 전화해도 다 집
    에 없거나 바쁠 때
11. 가기 싫은 모임에 핑계를 댈 때

이런 남자는 용서할 수 없다

1. 눈이 단추만 해서 쌍꺼풀 수술을 한 남자는 용서해도, 노출이 심한 여자만 보면 눈이 당구공처럼 커지는 남자는 용서할 수 없다.

2. 귀 뚫은 남자는 용서해도 귀가 막힌 남자는 용서할 수 없다.

3. 머리카락 없는 남자는 용서해도 머리에 든 거 없는 남자는 용서할 수 없다.

4. 과거 있는 남자는 용서해도 미래가 없는 남자는 용서할 수 없다.

5. 나를 사랑하지 않는 남자는 용서해도 거짓 사랑 고백을 하는 남자는 용서할 수 없다.

6. 밥 많이 먹는 남자는 용서해도 반찬투정만 하는 남자는 용서할 수 없다.

7. 외박을 하고 온 남자는 용서해도 속옷을 뒤집어 입고 온 남자는 용서할 수 없다.

8. 썰렁한 유머를 애써 구사하는 남자는 용서해도 욕설일색인 음담패설만을 일삼는 남자는 용서할 수 없다.

더러븐 남편 - 어떤 아낙네가 쓴 무서븐 글

딸만 있는 사람이 아들 낳는 법 강의한다고 거품 물고 까불거릴 때 나는 고만 칵 죽고 싶어지데예. 저 양반이 내 남편인가 하고 멀건히 쳐다 보이더락꼬예.

비 온다캤는데도 세차하고 들어올 때 우찌 저리도 멍청한지 미치겠더라고예. '비온다캤는데 뭐 할라꼬 세차는 했능교?' 카면 뭐라카는 줄 압니꺼? '야 씻거 놓은 거 헹가야 될 것 아이가.' 한다 아잉교. 아이고! 내 몬 산다 쿤께네. 팍 도라 삘라 칼 때가 많아예.

샤워하고 나서 조깅하러 나간다나 뭐라나. 아, 조깅하고 와서 샤워하면 안 되나. 그기 순서가 맞는 거 같은데⋯⋯. 또 한 마디 카믄 똑똑한 체하고 있네, 어쩌네 해쁘거든예. 빌어묵을 서방. 지 아니면 남자가 없나 어디에.

골초가 꼴에 담배 해롭다고 사람들한테 이야기하면서 남들보고 담배 끊어라 할 때 속으로 '웃기고 자빠졌네, 지 담배도 몬 끊어 삐면서.' 중얼중얼 욕이 절로 나온다카이. 외상술 먹고 와서는 팁은 팍팍 썼다고 자랑할 때는 쥐이삐고 싶다카이. 뭐 '다른 사람들 팁도 안 쓰고 하는 거 보이 추자버서⋯⋯.' 뭐, 어쩌구저쩌구, 지랄하고 자빠져라. 제 딸내미들 여름옷도 없는데⋯⋯.

와 그런 못 된 버릇은 들었는지 밥 묵을 때 보면 꼭 젓가락으로 밥 묵꼬 숟가락으로 반찬을 퍼 묵으니 더러바서 참말로 환장하겠다카이.

이혼하자카먼 '이왕 산 김에 한 20년만 더 살고 하자.'카니 내가 고마
딱 숨통이 막히는기라예. 우짜지도 몬하고 이리 살고 있는데, 그나마
밤에는 그냥 할 수 업시 참심니더. 이래 살아도 되겠심니꺼?

부부 싸움

드라이브를 즐기던 어느 부부가 사소한 일로 말다툼을 벌였다. 서로
말도 않고 썰렁하게 집으로 돌아오는데 문득 차량 밖으로 개 한 마리가
얼쩡거리는 것이 눈에 띄었다. 남편이 아내에게 빈정대며 말했다.

"당신 친척이잖아! 반가울 텐데 인사나 하지?"

남편의 말이 떨어지기 무섭게 아내가 그 개에게 소리쳤다.

"아! 안녕하셨어요? 시아주버님~!"

못된 아내

어느 날 장난기가 많은 영수가 여자 친구와 함께 지하철을 탔으나 자리가 없어 서서 가게 되었다. 그런데 바로 앞에 앉은 아저씨가 너무 피곤했는지 입을 아주 크게 벌리고 자고 있는 것이 아닌가.

그것을 본 영수의 장난기가 드디어 발동!

사람들에게 한 손가락을 핀 것을 보이며 그 아저씨 입에 넣었다가 뺐다. 주위사람들이 웃기 시작했다. 더욱 재미가 붙은 영수는 이번엔 두 개의 손가락을……. 그렇게 네 개의 손가락까지 집어넣었다가 빼자, 지하철에 탄 사람들은 모두 난리가 났다. 특히 아저씨 바로 옆에 앉아 있는 아줌마는 배꼽이 빠질 듯이 웃었다.

그래도 영수는 미안함을 알고 다섯 손가락은 하지 않았다. 그런데 그 옆에 아줌마가 계속하라는 것이었다. 쇼맨십을 발휘하여 영수가 마지막으로 한번 더 다섯 손가락을 넣었다가 뺐다. 그러자 지하철 안에 있는 사람들은 죽을라 한다.

그 때 나오는 지하철 방송.

"이번 역은 ○○역입니다. 내리실 문은 오른쪽입니다"

그러자 그 아줌마가 눈물을 닦고 옆의 아저씨를 흔들며 말했다.

"여보! 다왔어. 내려"

"

마누라와 20년을 살다 보면…….

유혹 1

(끈질기다. 오늘도 섹시하고 농염한 포즈로 이불 속을 파고든다.)

☆ 마누라 : 여보야! 오늘도 죽여 줄께.

☆ 남　편 : (목소리 깔고 째려보더니) 고마해라. 마니 묵었다 아이가.

유혹 2

(영화관 가자해서 따라갔더니 에로물이다. 무지 찐하다. 죽여준다. 마누라가 손을 아래로 내리더니 은근슬쩍 내 손을 잡는다.)

☆ 마누라 : 여보! 손에 땀나지?

☆ 남　편 : (옆자리 눈치 봐가며) 분위기 조진다. 셋 세기 전에 손 떼라. 하나, 두울…….

유혹 3

(아침 밥상이 오랫만에 화려하다. 간만에 신경 써서 차린 듯하다. 한 숟가락 뜨려는데 묘하디 묘한 표정을 지으며 말한다.)

☆ 마누라 : 그러게, 당신이 하기 나름이라니깐…….

☆ 남　편 : (밥상을 엎어 버릴 듯이 고함을 친다) 내가 쇠꼬챙이가?

유혹 4

(요즘 유행하는 망사 속옷 샀다며 자랑을 한다. 거의 그물 수준이다. 맨 몸에

걸쳐 입고 오더니 귓속에다 속삭인다.)

   ☆ 마누라 : 어때, 여보! 오늘 밤 끝내 줄까?

   ☆ 남　편 : (무덤덤하게 아래 위로 한 번 훑어보며) 고기 잡으려면 후레쉬

              들고 나가그라.

유혹 5

(연예인 마약 복용 사건이 터졌다. 잘 읽지도 않던 신문을 독파한다. 잠자러 이
불 속으로 들어오더니 남편 눈치를 보며 말한다.)

   ☆ 마누라 : 나도 최음제 한번 먹어볼까?

   ☆ 남　편 : (초점 잃은 눈으로 천장만 쳐다보며) 난 수면제 갖다 줘.

와~ 뭐할라꼬?

남편이 잠자다가 목이 말라 일어났다. 그러자 부스럭거리는 소리에 깬 아내가 하는 말,

→ 지금 할라꼬?

남편이 힐끗 쳐다보곤 아무 말 없이 불을 켜니 요상한 눈빛으로 쳐다보며 하는 말,

→ 불 켜고 할라꼬?

남편이 머리맡에 둔 안경을 찾아 쓰니 고개를 갸웃거리며 하는 말,

→ 안경 쓰고 할라꼬?

남편이 인상을 팍! 쓰며 문을 열고 나가니 눈을 반짝거리며 하는 말,

→ 밖에 나가 소파에서 할라꼬?

못들은 척 그냥 나가 냉장고에서 물을 꺼내 마시니 침을 꼴깍 삼키며 아내가 하는 말,

→ 물먹고 할라꼬? 내도 좀 다오! 목 타네!

물을 한 컵 주고 다시 들어와 잠을 자려 하니 실망한 눈으로 쳐다보던 아내가 하는 말,

→ 낼 할라꼬? 에구~ 치사 빤스당!

아내가 반색을

　다른 날보다 일찍 일어난 남편이 수염을 깎고 있었다.

　수염을 다 깎은 남편은 거울을 보며 흐뭇한 표정을 짓고는 부인에게 말했다.

　"아침에 수염을 깎고 나면 한 10년은 젊어지는 듯한 느낌이 든단 말이야. 당신 보기에도 그렇지 않아?"

　그러자 아내가 반색을 하며 말했다.

　"어머, 그렇다면 낼부터는 잠자리에 들기 전에 깎으세요!"

말하지 않기로

격한 언쟁 끝에 부부는 서로 말하지 않기로 했다.

그렇게 한 주가 지난 어느 날.

남편은 이튿날 아침 취직 면접을 위해 7시에 일어나야 하지만 잠이 많아 일어날 수 없으니 누군가가 깨워 줘야 한다는 것을 깨닫게 되었다.

심사숙고한 끝에 그는 메모를 해 놓았다.

"여보! 제발 내일 아침 7시에 깨워 줘요."

이튿날 아침 깨어 보니 9시였다. 노발대발해서 집안을 발칵 뒤집어 놓고 보니 탁자 위에 메모가 있었다.

"일어나요. 7시라고요"

겨우 살려 놓았더니…….

여자가 비아그라를 구입하여 남편에게 주었다. 신이 난 남편은 의사의 처방도 받지 않은 채 그냥 먹었다. 다음 날, 남편이 그만 저 세상으로 가버렸다.

그러자 아내가 대성통곡을 하면서 말했다.

"죽은 놈 살려놓았더니 산 놈이 죽어버릴 줄이야~ 이구! 이구!~ 내 팔자야~!"

아! 억울해

남편의 속옷에서 빨간 립스틱 자국을 찾아낸 아내가 다그쳤다.

"이게 도대체 어떻게 된 거야? 설명 한번 해 보시지?"

아내가 무섭게 다그치자, 남편이 억울하다는 표정으로 말했다.

"도대체 그게 거기 왜 묻었는지 나도 모른다구……. 믿어 줘!"

그 말에 아내가 코방귀를 뀌며 말했다.

"흥! 억울해? 정말 모른다구?"

그러자 남편은 이번에는 불쌍한 표정으로 말했다.

"그렇다니깐! 정말 몰라. 그때 난 처음부터 다 벗고 있었는데 그게 언제 묻을 수 있냐구?"

아내의 커다란 엉덩이

거실 바닥을 닦는 아내의 엉덩이를 툭툭! 치며 남편이 말했다.

"아이구~ 갈수록 펑퍼짐해지는구만. 저기 베란다의 제일 큰 김장독하고 크기가 거의 비슷하네. 이런……."

부인은 못 들은 척하고 자기 일을 했다.

남편은 재미를 붙였는지 이번에는 줄자를 가져오더니 부인의 엉덩이를 재고는 다시 장독대의 김장독을 재면서 놀렸다.

"아이고~ 당신이 이겼네. 당신 꺼가 더 커! 이런, 이런……."

그 날 밤.

남편이 침대에서 아내의 배 위에 다리를 걸치며 집적거렸다. 그러자 부인이 옆으로 홱 돌아누우며 쏘아붙였다.

"시들어 빠진 그깟 총각김치 대가리 하나 담자고 커다란 김장독을 열 수는 없잖아! 흥!"

아내의 뼈 있는 한마디

TV를 보는데 건전지가 다 됐는지 리모콘 작동이 안 된다. 건전지를 갈아 끼우기 위해 뚜껑을 열었다. 안에 있던 건 쉽게 뺐는데 새 것을 넣으려니까 자꾸만 손이 미끄러진다. 그렇게 끙끙거리는데 마누라의 뼈 있는 한마디.

"제대로 넣는 법이 없다니까."

이어지는 가슴 아픈 소리.

"빼는 것만 잘하지?"

간신히 넣고 나니 +, - 위치를 잘못 잡아서 다시 넣어야 했다. 그때 또 심장 떨리는 소리.

"아무렇게나 넣기만 한다고 되는 게 아니야!"

건전지를 제대로 넣으니 그제야 리모콘이 된다. 소리조절도 잘 되고.

"거 봐라! 제대로 넣고 누르니까 소리도 잘 나잖아!"

그냥 잠이나 자려고 TV를 끄고 방으로 들어갔다.

마누라는 아직 볼 프로그램이 있는지 다시 TV를 켠다.

"꼭 혼자만 즐기고 잠든다니까! 어휴……. 지겨워. 내가 미쳐여, 미쳐!"

고개 숙인 남자

은퇴한 사람이 사회보장 지원금을 신청하러 갔다.

담당하는 여직원이 연령확인을 위해 신분증을 보자고 했다. 그는 지갑을 집에 두고 왔나보다고 말했다.

여직원은 망설이더니 셔츠의 단추를 끌러 보라고 했다. 그가 앞가슴을 드러내니 곱슬 은발이 무성했다.

"앞가슴 곱슬털이 그 정도로 은발이니 충분히 나이가 증명되네요."

여직원은 두 말 없이 접수해주었다.

집에 돌아온 그가 아내에게 그 이야기를 했다. 그러자 아내가 말했다.

"당신 바지까지 벗어 보이지 그랬어요. 장애인 자격까지 따게……."

어느 부부의 소원

남편의 60번째 생일파티장에서 있었던 일.

파티 도중 한 요정이 부부 앞에 나타나 질문을 하였다.

"당신들은 사는 동안 부부싸움을 한 번도 안 하며 사이좋게 지냈기 때문에 제가 소원을 들어드리겠습니다. 먼저 부인의 소원은 뭐죠?"

"그동안 우리는 너무 가난해서 여행을 못했어요, 그래서 남편과 함께 세계여행을 하고 싶어요."

순간, "펑!" 소리가 나며 그녀의 손에는 세계여행 티켓이 쥐어졌다.

요정이 이번에는 남편에게 물었다.

"남편의 소원은 뭐죠?"

"저는 저보다 30살 어린 여자와 결혼하고 싶습니다."

그러자 또다시 "펑!" 소리와 함께 남편은 90살이 되어 있었다.

벗기만 해봐라!

시골에 사는 젊은 부부가 있었다.

남편은 매일같이 일을 하고 저녁이 되어서야 집으로 돌아와 땀에 젖은 옷을 벗어 던지곤 샤워를 했다. 그런데 부인이 제때 세탁을 하지 않아 빨랫감이 수북히 쌓여만 갔다. 남편이 화를 버럭 냈다.

"여보, 이게 뭐야?"

"아유, 여보 미안해요. 좀 바빠서……."

"그렇다고 냄새나는 것들을 이렇게 쌓아 놓으면 어떡해?"

"알았어요. 그렇다고 그렇게 화를 내요? 다음부턴 벗기만 해봐라! 그 자리에서 다 빨아버릴 테니……."

"……?"

아내 말을 잘 들으면 이런 횡재가?

아내 말이라면 100% 다 들어주는 공처가가 아침 출근을 하는데 아내가 말했다.

"여보. 퇴근길에 내 브래지어 하나만 사오세요!"

하지만 막상 퇴근길이 되자 나이 든 처지에 브래지어 사러 여자 속옷 가게를 기웃거리는 것이 볼썽사납고 창피스럽다는 생각이 들었다. 그래도 용기를 내어 젊고 섹시한 여자가 운영하는 가게로 들어갔다.

"저, 저……. 여기 브래지어 있어요?"

"부인께 선물하실 거예요?"

"예? 예!"

"사이즈는 어떻게 되죠?"

그는 밤마다 주물러만 봤지 사이즈를 알 수가 없어 아내에게 핸드폰을 하였으나 받지를 않았다. 허구한 날 뱃살 뺀다고 찜질방에서 죽치고 있는지, 아니면 고스톱을 때리고 있는지……. 그러자 주인 여자가 친절하게 말했다.

"그럼, 제걸 만져보시고 비교해서 사가세요."

(웬 떡이냐 싶어 귀가 번쩍!) "정말요?"

"속아만 살아보셨나, 정말이라니깐요."

남편은 아내가 한 개만 사오라고 한 말을 무시하고 빨·주·노·초· 파·남·보 무지개색을 다 사 가지고 집에 들어갔다. 하나 하나 살 때마다 한번씩 만져보고.(캬캬캬)

웬 횡재냐며 무척 즐거워하는 아내에게 '팬티는 필요 없냐?' 라고 물었더니 그것도 필요하단다. 공처가는 다음 날 퇴근시간을 기다리기 시작했다. 우짜노……?

남편한테 화내는 이유

초로의 부부가 정기 건강검진을 받으러 갔다. 남편의 검사결과를 놓고 의사가 남편에게 말했다.

의사 당신의 건강상태는 아주 좋군요. 또 상담하실 문제점은 없나요?

남편 있습니다, 의사 선생님. 최근 몇 년간 아내와 잠자리를 하는데 항상 첫 번째는 땀이 많이 나면서 덥고, 두 번째에는 한기가 들고 춥거든요. 병이 아닐까요?

의사 거 참 이상하군요? 좀 더 연구해보고 말씀드리죠.

남편이 나가고 부인이 들어오자 부인의 검사결과를 말했다.

의사 사모님의 건강도 아주 양호하군요. 생활하실 때 별다른 문제는 없습니까?

부인 예. 특별히 아픈 데는 없어요.

의사 그런데, 남편께서 잠자리에 대한 말씀을 하셨는데요. 첫 번째는 땀이 나고 더운데 두 번째는 춥고 한기가 든답니다. 왜 그런지 아십니까?

부인 빌어먹을 인간 같으니! 그 사람은 일 년에 항상 두 번 한답니다. 첫 번째는 7월에 하고 두 번째는 12월에 하지요.

그것 하나도 딱딱 못 맞춰!

남들 다 자는 밤 11시가 넘은 시각. 안 그래도 아랫집 여자, 쫌만 시끄러우면 올라와쌌는데 신랑은 술 한잔하고 와서 내일 하고 그냥 자자니깐 기어이 오늘 하잔다. 술 취해서 잘 되지도 않는 것, 씩씩대면서.

남편 좀 잘 넣어봐!

아내 것도 하나 잘 못 맞추나?

남편 자꾸 움직이니까 그렇지.

아내 나도 힘들어. 빨리 좀 해!

남편 가만 좀 있어! 시끄럽게 하믄 아래층에서 올라온다.

아내 아이고 힘들어. 빨리 끝내!

남편 누군 안 힘든 줄 알어? 헥헥!

아내 글게 낼 하자니까……. 술 마셔서 잘 하지도 못하믄서 왜 시작해가꼬…….

남편 좀만 더. 어, 된다. 씩씩!

아내 에구! 나이가 몇인디 그것도 시원스레 못 하남?

그 놈의 헬스 사전거 인터넷으로 배달시켜 놓고 퇴근하여 그거 조립하는데 잘 좀 잡고 있으라고 잔소리해가며 나사구멍을 잘 맞추네, 못 맞추네 근 한시간 동안 둘다 씩씩거렸다.

"거금 들여 사놓고 본전은 뽑을랑가 몰러, 잉?"

화난 마누라

마누라하고 대판 싸우고 나서 미안한 생각이 들어 화해도 할 겸 저녁 외식이나 하자며 차를 끌고 나갔다. 마누라는 아직도 화가 덜 풀렸는지 앞자리에 앉아서 아무 말도 하지 않고 앞만 쳐다보고 있다. 때마침 도로에 차들도 없고 해서 기분 좀 내려고 쌩쌩 달리는데 저만치 앞에서 경찰이 차를 세우라고 했다.

남편 무슨 일이죠?

경찰 선생님, 과속하셨습니다. 80km지역인데 140km로 오셨어요.

남편 무슨 말을 하는 거예요? 90km로 몰았단 말이에요.

마누라 여보, 당신 140km 넘었어요.

남편 어?(이거, 내 마누라 맞아?)

경찰 그리고요. 선생님, 라이트가 나가서 불도 안 들어오네요. 이것도 벌금을 내셔야 됩니다.

남편 라이트가 나갔다고요? 무슨 소리, 조금 전에도 불 잘 들어 왔었는데…….

마누라 당신이 지난번 주차장에서 앞차 박아서 깨졌잖아요.

남편 어?(점점 보자 하니……. 아무리 화가 덜 풀렸어도 그렇지.)

경찰 이제 보니, 선생님 안전벨트도 안 매셨네요.

남편 나 원 참, 조금 전까지 매고 운전했는데 당신이 차 세우는 바람에 풀었잖아요!

마누라 무슨 말이에요. 언제 당신이 안전벨트 매고 운전한 적 있어요?

남편 (참다 참다 드디어 터졌다.) 아니, 이 마누라가 돌았나? 입 닥치고

　　　　가만히 있지 못해? 니 죽을래?

경찰 아주머니, 바깥양반이 평상시에도 말투가 이렇습니까?

마누라 아니요, 평상시에는 괜찮은데 술만 취하면 그래요!

어떤 부부

아내가 여행을 가며 "까불지 마!"를 머릿글자로 하여 4행시를 지어 냉장고에 붙여놓고 갔다.

☆ 까 까스 조심하고

☆ 불 불조심하고

☆ 지 지퍼 함부로 내리지 말고

☆ 마 마누라만 생각해!

이를 본 남편이 즉시 떼어내고 "웃기지마"로 개작하여 붙였다.

☆ 웃 웃음이 절로 나오고

☆ 기 기분이 너무 좋고

☆ 지 지퍼 내릴 일도 많아지고

☆ 마 마누라 생각할 시간도 없네!

누가 주인?

남자와 여자가 이혼재판소 법정에 섰다. 먼저 아내가 주장했다.
"당연히 아이는 제가 키워야합니다. 판사님! 제가 낳았으니까요."
그러자 남편이 말했다.
"아니, 자동판매기에 동전을 넣고 담배를 빼면 그게 누구 겁니까?"

여보! 큰일났어요

각자 자녀들을 가진 어느 홀아비와 홀어미가 재혼을 해서 아이를 또 낳았다. 어느 날, 여자가 남편에게 전화를 걸어 다급하게 말했다.
"여보! 큰일났어요. 당신 아이들과 내 아이들이 우리 아이를 때리고 있어요."

아이들의 대학 진로

아빠가 텔레토비들을 불러놓고 말했다.

"너희들도 이젠 어느 대학에 갈 건지 생각할 때가 되었구나!"

보라돌이가 말했다.

"미대요."

그 다음은 뚜비.

"연대요."

나나.

"저는 서울대요."

마지막으로 뽀가 말했다.

"저는 군대 갈래여~."

이혼사유

부부가 이혼을 하기로 결정하고 법정에 섰다.

판사　이혼을 요구하는 이유가 뭡니까?

아내　남편이 코를 골기 때문입니다.

판사　그래요? 결혼한 지는 얼마나 됐는데요?

아내　닷새 됩니다.

그러자 판사가 단호하게 말했다.

"이혼을 승인합니다! 그 사람 지금 코를 골 때가 아닙니다!"

엄마의 꾸중

아파트 엘리베이터 안에 한 남자가 타고 있었다.

그런데 밖에서 한 아이가 열림 버튼을 누르고 아직 오지 않은 엄마를 향해 소리쳤다.

"엄마! 빨리 와! 엘리베이터 닫힌단 말이야!"

3분쯤 시간이 흐른 뒤 아이의 엄마는 헐레벌떡 뛰어왔고 뒤이어 문이 닫히자, 엄마가 아이를 꾸중했다.

"그렇게 하지 말랬지?!"

남자는 아이가 열림 버튼을 계속 누르고 있었던 것에 대해 다시 교육시키나 보다 생각하고 속으로 흡족해하고 있었다. 그런데 이어지는 엄마의 다음 말.

"엘리베이터가 뭐야. 자, 따라해 봐! 엘리베이러~."

바로 저 놈이다.

금실 좋은 부부가 아들을 낳아 애지중지 정성으로 키웠다. 아이가 유치원에 다닐 만큼 자랐다.

하루는 아버지가 아들을 데리고 목욕탕엘 갔다. 탈의실에서 옷을 다 벗자 아들이 아버지의 그것을 보며 말했다.

"맞아! 바로 저 놈이야! 내가 엄마 뱃속에 있을 때 밤마다 내 방으로 들어와서 나를 두들겨 패고, 내가 잡으려고 하면 침을 퉤! 뱉고 도망치던 놈이……!"

미스터리 법정

　한 동네에 사는 철수가 순이에게 임신을 시켰다. 동네는 발칵 뒤집혔고 결국 순이 엄마는 철수를 고소하여 재판을 받게 되었다. 법정에 선 순이 엄마는 울면서 말했다.

　"판사님. 어떻게 이럴 수가 있나요. 이 어린 것을……. 이 어린 것에게 임신을 시켜 놓고 발뺌을 하다니요?"

　그러자 철수 엄마가 벌떡 일어나더니 철수의 바지를 확 까내렸다. 그리고 철수의 고추를 만지면서 판사에게 말했다.

　"판사님. 이 작은 것을 가지고 아이를 배게 하다니 말이나 되나요?"

　그러자 철수가 엄마의 귀에 대고 소곤거렸다.

　"엄마, 이러지 마. 그걸 계속 만지면 우리가 불리해져."

아이의 동생

다섯 살 난 아이가 엄마의 배 위에 덮치고 있는 아빠를 보자 울먹이
며 말했다.

"아빠! 엄마 아프게 하지마!"

그러자 엄마가 헐떡이면서 달랬다.

"괜찮아! 아빠는 지금 니 동
생을 심어주고 있는 거야."

아이는 그 말을 듣자 좋아하
면서 뛰어나갔다.

이튿날 저녁.

아빠가 직장에서 돌아와 보니
아이가 현관에 앉아서 울고 있었

다. 아빠가 웬일이냐고 묻자 아이가 울음을 터뜨리며 말했다.

"아빠가 어젯밤에 엄마한테 심어놓은 내 동생 있잖아. 오늘 우유배달
부가 엉망으로 만들어 버렸단 말이야. 으앙!"

언제 까~지나
언제까~지나

야! 이놈아 그만 까라

깊은 산골에 노모를 모시고 사는 떠꺼머리 총각이 있었다.

어느 날, 노모가 몸이 불편해서 아들에게 읍내 장 심부름을 시켰다. 조금 맹~한 데가 있어서 바깥 외출은 통 않던 아들이 겨우 장에 도착하여 돌아다니다가 레코드 가게 앞을 지나는데 노래가 흘러나왔다.

'언제 까~지나 언제 까~지나 헤어지지 말자고…….' 총각은 처음 들어 보는 노래가 쉽고 재미있어서 따라 불렀다. 그리고 집에 도착하여 물을 퍼놓고 땀을 씻으면서도 계속하여 그 대목만 반복해서 불렀다.

"언제 까~지나 언제 까~지나……."

방에서 노래를 듣고 있던 노모가 가슴이 미어져 방문을 확 열면서 소리쳤다.

"야, 이놈아! 에미 앞에서 무신 소리고? 장가가면 까진다. 고마해라!"

아들과 엄마

아들 엄마, 아빠 왜 대머리야?

엄마 응, 그건 아빠가 너무 똑똑해서 그래. 머리가 좋으면 그렇게 빠
      지는 거야.

아들 그럼, 엄마는 머리털이 왜 그렇게 많아?

아버지와 아들

아들 아버지들은 항상 아들보다 더 많은 것을 알고 있나요?

아버지 물론이지.

아들 그럼, 비행기를 발명한 사람은 누구예요?

아버지 라이트 형제지.

아들 왜 라이트 형제의 아버지는 그걸 발명해 내지 못했지요?

아버님전상서

철수가 시골에서 서울로 유학을 갔는데 씀씀이가 너무 헤퍼 용돈이 금방 바닥나 버렸다. 그래서 하는 수 없이 집에 편지를 띄웠다.

"아버님 죄송합니다. 집안 사정이 어려운 줄 알면서도 염치없이 글을 올립니다. 아무리 아껴 써도 물가가 올라서 생활비가 턱없이 모자랍니다. 죄송한 마음으로 글을 올리니 널리 헤아리시어 돈 좀 부쳐 주십시오. 정말 몇 번이나 망설이다 글을 띄웁니다.

※ 추신 : 아버님! 돈 부쳐달라는 것이 정말 염치 없어 편지를 회수하기 위해 우체통으로 달려갔습니다만 때가 이미 늦어 편지를 거두어간 후였습니다. 아버님 정말 죄송합니다. 편지 띄운 걸 진짜 후회합니다."

며칠 후, 아버지로부터 답장이 왔다.

"걱정 마라. 네 편지 못 받아보았다."

국가 그리고 정부란...

초등학생 철수가 TV에서 만화영화를 보는데 '정부' 또는 '국가' 라는 단어가 나왔으나 그 뜻을 몰라 아버지에게 물었다.

철수　아빠, 정치니 국가경영이니 하는 것이 뭐에요?

아버지　음, 예를 들어서 설명해주마! 우리 가족이 국가라고 하면 아빠는 기업이라고 할 수 있지. 그리고 엄마는 정부라고 할 수 있는 거고, 또 우리 집 가정부 누나는 아빠가 돈을 줘서 일하지? 그러니까 가정부 누나는 노동자라고 할 수 있단다. 너는 아빠가 벌어준 돈과 엄마의 살림 속에서 자라나니까 국민이라고 할 수 있지.

철수　그럼 동생은 뭐예요?

아버지　국가의 미래라고 할 수 있지. 이해가 되니?

철수　그래도 아직 잘 모르겠어요.

철수는 고개를 갸우뚱거리다가 밤이 늦어 잠이 들었는데 아기가 우는 소리에 잠을 깨었다. 아기에게 가보니 똥을 싸서 똥 구덩이 속에서 몸부림치고 있었다. 놀란 철수는 안방으로 달려가 보니 엄마는 자고 있는데 깨워도 일어나지를 않았다.

할 수 없이 아빠를 찾다가 가정부 누나

방을 여니 아빠가 가정부 누나 배 위에 올라타고 있고 누나는 그 밑에
서 신음하고 있었다. 놀란 철수는 다시 안방으로 달려가 소리쳤다.

"엄마. 엄마! 빨리 이리 나와봐!"

그러나 엄마는 잠 속에서 깨어날 줄 몰랐다. 그래서 철수도 '에라, 나
도 모르겠다.' 하고 그냥 자버렸다.

다음 날 아침, 철수가 아빠에게 말했다.

"아빠! 이제 어제 이야기가 이해가 돼요. 그러니까 기업은 노동자 위
에 올라타서 노동자를 괴롭히고, 노동자는 그 밑에서 신음하고 있고,
그 사실을 국민이 보고 놀라 정부에게 아무리 말을 해도 정부는 나 몰
라라 하고……. 그러는 동안 우리의 미래는 똥 구덩이에서 뒹굴고 있는
게 바로 국가고, 정부군요? 제가 제대로 이해한 건가요?"

금상첨화

왕비병이 심각한 엄마가 음식을 해놓고 대학생 아들과 함께 식탁에 앉았다.

"아들아! 엄마는 얼굴도 예쁜데 요리도 잘하지. 그치? 이걸 사자성어로 하면 뭐지?"

엄마가 기대한 답은 금상첨화였다.

"자화자찬."

"아니, 그거 말고 다른 거……."

"과대망상요?"

거의 화가 날 지경에 이른 엄마가 소리쳤다.

"아니, 금자로 시작하는 건데……."

"금시초문?"

엄마가 아빠한테 존댓말을 하는 이유

영희의 엄마 아빠는 연상 연하 커플이다.

겨우 한 살 차이지만 영희 엄마는 '나 영계랑 살아!' 라고 동네방네 자랑을 하고 다녔다. 그런데 영희는 아빠가 엄마한테 누나라고 부르거나 누나 대접을 해 주는 것을 한번도 본 적이 없었다. 보통 엄마 아빠의 대화는 이랬다.

아빠   어이, 빨래는 했어?

엄마   네에! 그럼요.

아빠   어이, 그거 가져왔어?

엄마   어머나! 깜빡했네. 어쩌죠?

영희는 '연상연하 커플이라고 별 수 있나, 다 그렇지 뭐.' 라고 생각했다. 그래도 마음 한편으로 이해가 되지 않아 설거지를 하고 있는 엄마에게 물어 보았다.

"엄마, 엄만 왜 아빠가 더 어린데 존댓말을 써?"

그러자 엄마가 대답했다.

"안 그럼, 쟤 삐져~!"

사랑의 옷

알몸으로 남편을 기다리고 있는 손자며느리를 보고 할머니가 물었다.

"얘! 알몸으로 뭐하는 거니?"

"할머니, 이건 사랑의 옷이에요"

집으로 돌아온 할머니는 자신도 옷을 다 벗은 채 할아버지를 기다렸다.

"아니, 이 할망구야! 훌러덩 벗고 뭐하는 거여?"

"이게 그러니까 사랑의 옷이라는 거래유!"

그러자 할아버지가 말했다.

"그럼 다림질이나 제대로 해서 입어!"

할아버지의 굿모닝

잠을 막 깬 손자를 보고 할아버지가 반갑게 인사를 했다.

"우리 강아지 잘 잤누? 허허허!"

"할아버지 굿모닝!"

"구, 머시기?"

"에이, 영어로 '좋은 아침!' 하는 거예요."

할아버지는 평소 자신을 무식하다고 무시하던 할머니에게 자신의 해박함을 과시할 기회가 왔다고 생각했다. 그래서 아침준비를 하는 할머니에게 가서 귀에다 대고 조용히 속삭였다.

"굿모닝!"

그러자 할머니가 말했다.

"오늘은 감자국이여유."

그 넘이 워떤 넘이여~

"아니, 이게 어찌된 일이여?"

순이네 할머니가 전기요금 청구서를 보더니 요금이 너무 많이 나왔다면서 화를 냈다. 옆에 있던 순이가 말했다.

"할머니! 할머니는 TV, 전기히터, 그리고 불을 항상 켜놓고 주무시잖아요."

"이상도 허네. 할미는 늘 커튼을 쳐서 가렸었는디 전기회사 사람들이 그걸 워떻게 알았디야?"

그때 옆에 있던 순이 할아버지가 말했다.

"마죠. 이건 누군가 틀림없이 고자질 헌겨……. 우~띠……. 남의 사생활을 엿보는 그 넘이 워떤 넘이여~?"

영감! 왜 불러?

가파른 경사를 오르던 할머니가 너무 힘이 들어 할아버지에게 말했다.

"영감! 나 좀 업어줘요!"

할아버지는 힘이 부쳤지만 남자 체면에 할 수 없이 업었다. 그런데 할머니가 귓속말로 얄밉게 속삭였다.

"무겁지요?"

그러자 할아버지는 담담한 목소리로 대답했다.

"그럼! 무겁지. 얼굴은 철판이지, 머리는 돌이지, 간은 부었지. 많이 무겁구먼!"

그러다가 이번에는 너무 지친 할아버지가 말했다.

"이제 할멈이 좀 업어줄래!"

할머니는 기가 막혔지만 그래도 할아버지를 업었다. 그러자 할아버지가 약을 올렸나.

"어때? 생각보다 가볍지?"

"그래요, 정~말 가벼워요! 머리 비었지, 허파에 바람들어 갔지, 양심 없지, 싸가지 없지. 정~말 가벼울 수밖에요!"

신혼을 회상하며…….

할아버지가 막 잠이 들려는데 갑자기 신혼시절의 무드에 빠진 할머니가 이야기가 하고 싶어 말을 걸었다.

"그땐 내가 잠자리에 들면 당신이 내 손을 잡아주곤 했죠?"

할아버지는 마음이 내키지 않았지만 손을 뻗어 잠시 손을 잡았다가는 다시 잠을 청했다.

몇 분이 지나자 할머니가 다시 말했다.

"그런 다음 키스를 해주곤 했었죠."

할아버지는 좀 짜증스러웠지만 다가가서 살짝 키스를 하고 다시 잠을 청했다.

잠시 후 할머니가 또 말을 걸었다.

"그러고는 내 귀를 가볍게 깨물어 주곤 했죠."

할아버지는 화가 나서 이불을 내던지며 자리에서 일어났다. 할머니가 따라 일어나며 물었다.

"당신 어디 가요?"

그러자 할아버지가 대답했다.

"이빨 가지러!"

평생 웬수

예전에 TV에 할아버지와 할머니들이 출연해서 꾸미는 '좋은 세상 만들기'라는 프로그램이 있었다. 게임 방법은 한 사람에게 단어를 보여주면 이 사람이 상대방에게 설명해서 그 단어를 알아맞히는 게임이었다.

진행자가 한 할아버지한테 '천생연분'이란 단어를 보여주자 그 할아버지는 자신이 있는 듯 회심의 미소를 지으며 할머니에게 다가가서 물었다.

"할멈과 나 사이를 머라크노?"

할머니는 잠시 생각하더니 큰소리로 대답했다.

"웬수!"

기가 막힌 할아버지가 신경질을 팍 내면서 큰소리로 말했다.

"아니, 두 자 말고 넉 자."

한참을 묵묵히 생각한 할머니가 이윽고 대답했다.

"평생 웬수!"

영감! 손대기 없시유

할아버지와 할머니가 살고 있었는데 그들은 싸웠다 하면 언제나 할머니의 승리로 끝났다.

할아버지는 어떻게든 죽기 전에 할머니에게 한번 이겨보는 게 소원이었다. 그래서 할아버지는 어떻게 하면 이길까하고 몇 일을 고민하다가 드디어 이길 방법을 생각해내었다.

할아버지 할멈, 우리 내기 한번 합세.

할 머 니 아따, 매일 지고도 또 내기를 하시려구여?

할아버지 이번에는 내가 정하는 걸루다가 혀야 혀.

할 머 니 알았당게요. 어디 함 이기나 보자구여.

할아버지 (당당하게 씩 웃으며) 할멈, 이번 내기는 오줌을 멀리 싸기야.

이 말을 들은 할머니는 난감해졌다. 그런데 결과는 또 할아버지가 지고 말았다. 오줌 멀리 싸기라면 남자가 이길 수밖에 없는 것인데, 이유는 시합 전 할머니가 내건 단 한마디의 조건 때문이었다.

"영감! 손대기 없시유!"

금실 좋은 할아버지와 할머니

부부 금실이 좋기로 유명한 노부
부가 있었다.

그들은 부유하지는 않았지만 서
로를 위해 주며 아주 행복하게 살
았다. 그런데 할아버지가 아파서 치
료를 하기 위해 병원에 다니면서부터
할머니를 구박하기 시작했다.

"약 가져와라!"

"여기요."

"물은?"

"여기요."

"아니, 뜨거운 물로 어떻게 약을 먹어?"

그러면서 할아버지는 물컵을 엎어버렸다. 그래서 할머니가 다시 물을
떠왔다.

"아니 그렇다고 찬물을 가져오면 이떡해?"

할아버지는 물을 또 엎었다.

손님들이 찾아오자 할아버지는 먹을 거 안 가져온다고 소리쳤다.

"당신이 하도 난리를 피우는 바람에 저도 지금 정신이 없어서 그
만……."

"이기, 어디서 말대답이고?"

“손님들 계신데 너무 하시네요.”

할머니는 결국 눈물을 훔치며 밖으로 나갔다.

보다 못한 손님 중의 한 사람이 조심스럽게 말했다.

“어르신네, 왜 그렇게 사모님을 못살게 구세요?”

그러자 한참동안 아무 말도 안 하던 할아버지가 한숨을 내쉬며 입을
열었다.

“저 할망구가 마음이 여려서 나 죽고 나면 어떻게 살지 걱정이 돼서
그러는 게야.”

할아버지의 눈엔 어느새 눈물이 가득 고였다.

엽기적인 할머니

날마다 부부싸움을 하며 사는 할머니와 할아버지가 있었다. 그들의 부부싸움은 굉장했다. 손에 잡히는 것이면 무엇이든지 날아가고 언쟁은 늘 높았다.

"내가 죽으면 관 뚜껑을 열고 흙을 파고 나와서 할마이를 엄청나게 괴롭힐꺼야. 각오해!"

그런데 진짜로 할아버지가 돌아가셨다. 장사를 지내고 돌아온 할머니는 동네사람들을 모두 불러 잔치를 베풀고 신나게 놀았다. 지켜보던 옆집 아주머니가 걱정이 되어 물었다.

"할머니, 걱정이 안되세요? 할아버지가 관 뚜껑을 열고 흙을 파고 나와서 괴롭히겠다고 하셨다믄서요?"

"걱정마, 그럴 줄 알고 내가 관을 엎어서 묻었어. 아마 지금쯤 땅 밑으로 계속 파고 있을 꺼야."

시어머니의 마음

아내 자기야, 이 세상에서 누가 제일 좋아?

남편 그야 물론 당신이지.

아내 그 다음은 누가 좋아?

남편 우리 예쁜 아들이지.

아내 그럼 세 번째는?

남편 그야 물론 예쁜 자기를 낳아주신 장모님이지.

아내 그럼 네 번째는?

남편 음, 우리 집 애견 멍멍이지.

아내 그럼 다섯 번째는?

남편 당근, 우리 엄마!

문밖에서 우연히 듣고 있던 시어머니가 다음날 새벽에 나가면서 냉장고에 이렇게 메모지를 붙여놓았다. "1번 보아라. 5번 노인정 간다!"

며느리의 실수

옛날 옛적에 방귀를 남보다 많이 뀌는 며느리가 아이를 등에 엎고 시아버지 밥상을 차려드리던 중 방귀가 나오려고 하는지라 항문에 힘을 주고 참다가 그만 "뽕!"하고 소프라노로 뀌고 말았다.

"아가야! 너 배아프냐?"

"아니요. 아기가 그런가 봐요."

며느리는 부끄러운 마음에 그 순간을 모면코자 기지를 총동원하여 아기가 뀐 걸로 떠넘기려고 했다. 그러자 아이가 신기하다는 듯 물었다.

"엄마! 내 배가 아프면 왜 엄마 방귀가 나오는 거야?"

미국인 사위

산골 마을에서 어렵게 성장한 영희가 국제결혼을 하여 미국으로 시집을 갔다. 그녀의 남편 이름은 조지 브라운이었다. 세월이 흘러 친정아버지의 회갑이 다가왔는데 남편은 사업이 바빠 며칠 후 회갑날에 오기로 하고 영희만 먼저 친정에 도착했다.

그런데 조지 브라운에게 갑자기 문제가 생겨 올 수가 없게 되었다. 그는 이런 상황을 영희에게 알려야 하겠기에 산골마을에서는 유일하게 전화가 있던 이장 댁으로 전화를 걸어 서투른 한국말로 어렵게 설명했다.

'내 이름은 조지 브라운이고, 사업상 문제가 생겨 장인의 회갑에 참석할 수 없다.'는 내용을 설명했지만 이장은 무슨 말인지 제대로 알아듣지도 못하고 '조지 부러…….' 라는 내용이 핵심내용이구나 라고 생각하고 OK, OK만 연신 외치다가 전화를 끊었다.

그리고 영희 친정으로 달려가서 영희 남편이 '조지가 부러져서 못 온다고 한다.' 라고 전했다. 그 내용을 전해들은 영희가 중얼거렸다.

"부러진 병신 중에서도 상병신이니 이 노릇을 어찌할거나? 다른 데는 다 부러져도 살 수 있지만 조지가 부러지면 난 못 살아."

옆에 있던 친정 아버지도 한마디 했다.

"나는 이 나이 먹도록 수십 년을 써먹었어도 부러지기는커녕 아직도 짱짱한데 젊은 놈의 것이 시원찮게 부러지기는……. 참!"

나도 죽이고 가라. 이놈아!

산중에 오래 전에 청상이 된 시어머니와 며느리가 살고 있었다. 하루는 이곳에 도둑이 들었는데 훔칠 것이 하나도 없었다. 화가 난 도둑은 불을 켜고 두 사람을 깨운 후 얼굴을 확인했다.

며느리의 얼굴이 반반한지라 회가 동한 도둑은 옆방으로 며느리를 끌고 가며 시어머니에게 조금 미안하여 둘러댔다.

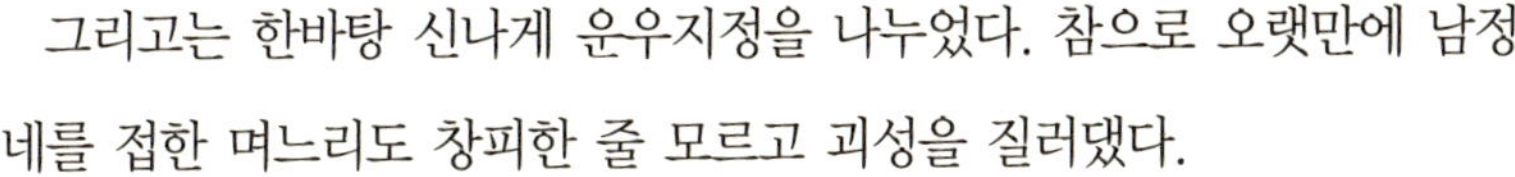

"내 이년을 죽이러 가는 것이니 노인네는 운 좋은 줄 아슈!"

그리고는 한바탕 신나게 운우지정을 나누었다. 참으로 오랫만에 남정네를 접한 며느리도 창피한 줄 모르고 괴성을 질러댔다.

일을 다 끝내고 밖으로 나가려고 하는데 시어머니가 바지가랑이를 붙잡고 늘어지며 말했다.

"야 이놈아! 그렇게 죽이는 거라면 나도 죽이고 가라. 이놈아!"

아기도 이럴 때는 열 받는다

1. "누굴 닮아 이렇게 못 생겼어."하며 푸념할 때(자기가 낳아놓고는…….)

2. 아무리 빨아도 엄마 젖이 나오지 않을 때(누가 먼저 먹었을까?)

3. 싼 데다 또 쌌는데도 "요즘 기저귀는 참 좋아."하면서 안 갈아줄 때

4. 아무데서나 벗기고 기저귀를 갈 때(나도 자존심이 있는데…….)

5. "아빠, 엄마!"도 발음하기 힘든데 "작은 할머니 해봐!"할 때

6. 기는 것도 힘든데 고작 새우깡을 미끼로 걸어보라고 꼬실 때

7. 자꾸 웃으라고 윽박지를 때(삶이 항상 즐거운 것만은 아니잖아.)

엄마! 나 왜 먹었어?

엄마가 작은아들이랑 함께 사진을 보고 있었다. 그 사진은 배가 불러 있던 엄마와 큰아들이 같이 찍은 사진이었다. 작은아들은 사진 속에 자신이 안보이자 엄마에게 물었다.

"엄마! 나는 어디에 있어?"

엄마는 손가락으로 사진을 가리키며 말했다.

"응, 너는 엄마 뱃속에 있어."

그러자 작은아들은 이해가 되지 않는 듯 고개를 갸우뚱하며 물었다.

"엄마! 나 왜 먹었어?"

아줌마! 무슨 짓 했는지 안다

손톱을 자주 입에 무는 어린아이가 있었다.

어느 날, 엄마와 함께 시장에 갔는데 뚱뚱한 남자가 지나가자 엄마가 아이에게 겁을 주었다.

"손톱을 자꾸 입에 물면 너도 저렇게 된단다."

그 어린아이가 놀이터에서 놀다가 마침 만삭이 된 아줌마가 지나가자 말했다.

"나, 아줌마가 무슨 짓 했는지 다 안다!"

노래부르고 싶어요

　네 살짜리 철수가 엄마와 같이 영화관에 갔다가 오줌이 마려워 큰 소리로 말했다.

　"엄마! 쉬하고 싶어!"

　당황한 엄마가 조용히 주의를 주었다.

　"다음부터는 쉬하고 싶으면 노래부르고 싶다고 해."

　그 뒤부터 철수는 오줌이 마려우면 노래부르고 싶다고 말했다.

　그러던 어느 날, 철수가 혼자 할아버지 집에 있게 되었는데 한밤중에 일어나 노래부르고 싶다며 자꾸 조르는 것이었다. 할 수 없이 할아버지가 말했다.

　"모두들 잠을 자니까 조용히 할아버지 귀에다 대고 불러봐!"

이제 여자만 있으면…
출세
내가 찼던 남자다

3부

남자&여자

종교적인
요소까지 첨가
시키라고……

황당한 소설 제목

대학교 문학과 교수가 학생들에게 소설을 써오도록 과제를 냈다. 단 귀족적인 요소와 성적인 요소를 첨가하도록 했다. 며칠 후 교수는 한 학생의 소설 제목을 보고 어이가 없었다.

〈공주 님이 임신했다〉

하도 기가 막혀 다시 SF적인 요소를 첨가하도록 과제를 내주었다.

〈별나라 공주 님이 임신했다〉

열 받은 교수가 다시 미스터리 요소를 첨가하도록 했더니 그 학생이 또 적어냈다.

〈별나라 공주 님이 임신했다. 누구의 아이일까?〉

이제 더 이상 참을 수 없다고 생각한 교수는 비장한 각오로 마지막 수단을 썼다. 그건 다름 아닌 종교적 요소까지 첨가시켜 오라는 것이었다. 교수는 승리의 미소를 지었으나 며칠 후 그 학생의 과제를 받고 기절해 버렸다.

〈별나라 공주 님이 임신했다. Oh My God! 누구의 아이일까?〉

초보 누드모델

상황 1

교수의 권유로 처음 미대수업에 나가게 된 초보 누드모델.

강의실에 들어서자 앞쪽에 의자가 놓여 있었다. 몹시 수줍어하던 이 여성은 '여기 앉으라는 건가 보다.'라고 생각하며 옷을 벗기 시작했다. 멋진 34-24-33의 몸매가 서서히 드러나기 시작했다.

그런데 하나 둘씩 들어오는 학생들이 키득대는 게 아닌가. 너무나 당황한 모델은 몸에 뭐라도 묻었나 싶어 두리번거렸다. 때마침 들어온 교수가 말했다.

"여기는 정물화 반이에요. 의자를 그리는 중이었는데……."

상황 2

저번에 망신을 당한 후 이제는 정신 바짝 차리고 강의실에 들어간 모델. 담당교수가 남자였다.

옷을 벗고 의자에 앉아 있는데 학생들의 시선이 온몸 구석구석에 닿아서인지 얼굴이 화끈거리고 몸이 근질거렸다. 그런데 더욱 황당한 건 교수였다. 학생들 지도할 생각은 안 하고 모델의 몸만 엉큼한 눈길로 쳐다보는 게 아닌가.

퍽 길게 느껴진 수업시간이 끝나자 모델은 황급히 옷을 걸치고 나가려 했다. 갑자기 교수가 문을 가로막고 섰다. 모델은 '역시……. 이 늑대! 이상한 요구를 하려는 거 아냐?' 하고 생각했다. 그러자 교수가 말했다.

"저, 실례지만 목욕한 지 얼마나 된 거죠?"

상황 3

목욕 안 했다고 욕먹었던 이 누드모델에게 〈누드화를 그리는 사람들〉
이라는 동호회에서 섭외가 들어왔다.

모델은 목욕탕에 가서 피가 나도록 때를 밀었다. 이번에는 지난 번
같은 개망신을 안 당할 거라고 몇 번이나 속으로 되뇌며…….

동호회에서 빌린 화랑에 들어가 화가들의 요구를 들은 모델은 기겁을
하고 말았다.

그날의 주제는 '진흙탕에 빠진 여자' 였다.

잠자리를 통해본 남자의 유형

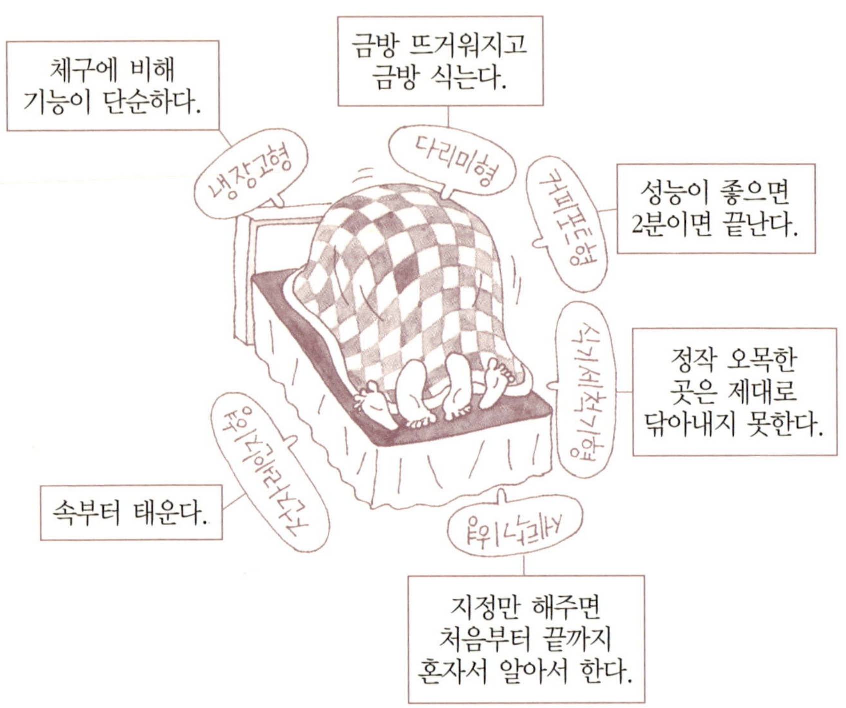

여자가 원하는 남자

1. 커피값이 없어서 전화 걸었을 때 "기다려 임마!"라고 말할 줄 아는 남자

2. 혼자 떠들어대는 나를 보고 살며시 미소짓는 남자

3. 내가 아프다고 말했을 때 말없이 따뜻하고 다정한 손으로 이마를 짚어주고 약국으로 뛰어가 약을 사올 줄 아는 남자

4. 이유 없이 나의 손목과 입술을 훔칠 줄 아는 남자

5. 말없이 울고 있을 때 넓은 어깨로 감싸 안아주는 남자

6. 까만 밤하늘을 보며 문득 나의 이름을 속삭여주는 남자

7. 내가 화났을 때 내 볼을 꼬집어주며, 내가 감당하기 힘들 만큼의 안개꽃을 선물해 줄 수 있는 남자

8. "이제 우리 만나지 말자."라고 했을 때 "장난 마!"라고 말할 줄 아는 남자

9. 내가 지치거나 괴로워할 때 말없이 끌고 가 술을 권하는 남자

10. 때론 아이 같은 웃음으로 이 세상에 남아 있는 순수를 느낄 수 있게 해주는 남자

11. "사랑한다……."는 말을 아낄 줄 아는 남자

12. 내가 춥다고 했을 때 상의를 벗어주기보다는 품속으로 안아주는 남자

13. 내가 새벽에 전화해도 언제나 반갑게 받아주는 남자

14. 내가 실수를 해도 무안하게 만들지 않는 남자

15. 예고 없이 나의 집 앞을 찾아와 너무 보고싶어 왔다고 말할 줄 아
    는 남자

16. 비 오는 날 우산이 없으면 자신의 양복저고리로 나를 가려주며
    손잡고 달리는 남자

17. 내 쪽으로 다가오는 자전거를 먼저 보고 나를 안쪽으로 당겨 보
    호해주는 남자

18. 내가 만든 맛없는 요리에도 얼굴 찡그리지 않고 맛있게 먹어주는
    남자

여자도 한다면 한다

날씨가 더울 때

☆ 남자 : 더운 여름 남자는 웃통을 벗어 던진다. 멋진 몸매를 가질수록 남자에게는 부러움, 여자에게는 사랑의 대상이 된다.

☆ 여자 : 덥다고 해서 여자가 웃통을 벗어 던지면 정신이상자 취급을 받는다. 손가락질 받다가 재수 없으면 돌이 날아올 수도 있다. 금방 정신병원에서 차가 와서 실어간다. 백차로 실려갈 수도 있다.

→ 하지만 여자도 더우면 벗을 수도 있다. (이러면 얼마나 좋을까!)

술 마실 때

☆ 남자 : 술자리에서 500cc 원샷을 연속으로 한다. 끄덕없다. "술 쎄다!", "멋지다!", "강하다!"는 느낌과 찬사가 쏟아진다.

☆ 여자 : 술자리에서 500cc 원샷을 연속으로 한다. 역시 끄덕없다. "지독한 ○!", "저걸 누가 데려가", "헉! 저게 여자야?"라는 소리를 듣는다.

→ 하지만 여자도 술 잘 마실 수 있다.

화장실이 급할 때

☆ 남자 : 화장실이 너무 급해서 길거리 전봇대에 실례를 한다. "어머, 저 사람 봐!", "야! 조용해, 들을라." 보통은 그냥 조용히 넘어간다.

☆ 여자 : 화장실이 너무 급해서 길거리 전봇대 뒤에 앉아서 실례를 한다. "야야야야! 저 여자 봐! 좀 이상하지?", "저 여자, 시집 다갔네."

→ 하지만 여자도 급하면 길거리에서 쉬할 수 있다. (급한 걸 어떡하냐?)

술 마시고 외박할 때

☆ 남자 : 늦게까지 술을 먹다가 집에 전화해서 "어머니, 저 술 먹다가 차가 끊겼습니다. 내일 아침에 들어가겠습니다."라고 하면 "그래 건강 생각해서 적당히 마시고 내일 들어오너라."라고 말하고 집에 오면 해장국을 끓여준다.

☆ 여자 : 역시 늦게까지 술 먹다가 집에 전화해서 "엄마 저 술 먹다가 차가 끊겼거든. 낼 들어 갈게." 그러면 "야! 이 ○○야! 너 기어서라도 12시안에 들어와."하면 다행이다. "이 놈의 기집애! 그래, 아예 거기서 술이랑 살어라! 집에 들어오면 아주 그냥 죽을 줄 알어!" 이럴 것이다.

→ 하지만 여자도 술 먹고 외박할 수 있다.

☆ 남자 : 술 먹고 술이 떡이 돼서 친구한테 업혀왔다. "아이고, 이게
   웬일이래?", "여보. 애가 무슨 안 좋은 일이 있나봐."하면서
   걱정한다.

☆ 여자 : 먹고 술이 떡이 돼서 친구한테 업혀왔다. "이 미친○이 돌았
   나? 너, 너, 내일부터 나가지마!" 한다.

→ 하지만 여자도 술 많이 먹으면 뻗는다.

남자가 여자를 만족시키려면

가슴 설레게 해주고, 감탄해주고, 계획 세워주고, 구해주고, 귀여워해주고, 녹여주고, 놀래주고, 놀아주고, 닦아주고, 달래주고, 대화해주고, 돌아와 주고, 드라이브시켜주고, 떠나주고, 먹어주고, 먹이고, 메워주고, 목마 태워주고, 미워해 주고, 발라주고, 보살피고, 봉사해주고, 붙어있어 주고, 비교 해주고, 비행기 태워주고, 빗어주고, 뽀뽀해주고, 선물 사주고, 섬겨주고, 쇼핑해주고, 수다 들어주고, 쉬게 해주고, 시켜주고, 시키는 대로 해주고, 안마해주고, 안아주고, 안정시켜주고, 알려주고, 애태워주고, 얼러주고, 애무 해주고, 약속 해주고, 업어주고, 여행시켜 주고, 예뻐해 주고, 옷 입혀주고, 우상화해주고, 울어주고, 웃어주고, 인정해주고, 자랑해주고, 재우고, 전화해주고, 접어주고, 주물러주고, 즐겨주고, 지켜주고, 찬사 해주고, 채워주고, 침흘려 주고, 칭찬해주고, 펴주고, 편들어 주고, 편지 써주고, 함께 외출해 주고, 환심을 사주고, 흘려주고, 흥분시켜주고 등을 매일같이 해야 함.

※ 그대가 사람이길 포기해야 한다.

여자들이 싫어하는 여자

☆ 10대 : 예쁜데 공부도 잘하는 여자

☆ 20대 : 성형수술 했는데 티도 안 나고 예쁜 여자

☆ 30대 : 결혼 전에 오만 짓 다하고 신나게 놀았는데 시집가서 잘 사
　　　　　는 여자

☆ 40대 : 골프 치고 놀 거 다 놀고 쏘다니는데 자식들이 대학 척척
　　　　　붙는 여자

☆ 50대 : 먹어도 먹어도 살 안 찌는 여자

☆ 60대 : 건강도 타고났는데 돈복도 타고난 여자

☆ 70대 : 자식들의 효도도 극진한데 서방까지 멀쩡하게 살아 호강하
　　　　　는 여자

☆ 80대 : 아직도 살아 있는 여자

그 영원한 테마 - 남자와 여자

남녀의 사랑

1. 여자의 "사랑해!"는 '당신이 사랑하는 한' 이라는 조건이 생략된 것이고. 남자의 "사랑해!"는 '현재는' 이라는 단서가 생략된 것이다.

2. 여자의 사랑은 점층 환상형이고, 남자의 사랑은 반복 충동형이다.

3. 여자는 자기에게 관심 있는 남자에게 호기심을 갖지만, 남자는 모든 여자에게 호기심을 갖는다.

4. 여자는 정류장에 서는 버스와 같아서 일단 다 태우고 보지만, 남자는 손 흔들면 세워지는 택시와 같아서 골라서 태운다.

5. 여자는 일단 그 남자에 대해 알아보고 나서야 사귀지만, 남자는 먼저 여자를 사귀어보고 그 여자를 알게 된다.

6. 여자는 남자에게 자신이 마지막 여자이기를 바라고, 남자는 여자에게 자신이 첫 남자이기를 바란다.

7. 여자는 우연히 만나는 이상적인 남성상에 대한 꿈을 꾸고, 남자는 한눈에 반해버린 여자가 이상형이 된다.

8. 여자는 자신의 도움이 필요한 남자를 원하고, 남자는 자신을 도와

줄 여자를 원한다

9. 여자는 영화 같은 사랑을 꿈꾸고, 남자
   는 영화배우 같은 여자와 사랑하길
   꿈꾼다.

10. 여자는 누구나 백마를 타고 오
    는 왕자를 꿈꾸지만, 실제로 맞
    이하고 보면 자기가 탈 말을 끌
    고 오는 마부인 경우가 허다하다.

11. 여자는 그 남자의 것이 되기 위해 사랑을 속삭이고, 남자는 여자
    를 내 것으로 붙들어두기 위해 사랑의 속삭임을 원한다.

12. 여자는 사랑의 결과와 목표에 치중하지만, 남자는 사랑의 시작과
    수단에 치중한다.

13. 여자는 남자를 사귀고 믿음이 생겼을 때 온 정성을 들이지만, 남
    자는 여자를 사귀기 시작할 때 온 정성을 들인다.

14. 여자는 맘에 드는 남자가 생기면 그 맘을 어떻게 숨길까 고민하
    고, 남자는 맘에 드는 여자가 생기면 그 맘을 어떻게 표현할까 고
    민한나.

15. 여자의 첫 경험은 끝이기도 하지만, 남자의 첫 경험은 시작에 지
    나지 않는다.

16. 여자는 연애초기에는 일에, 시간이 지나면 그 남자에게 모든 걸
    바친다. 그렇지만 남자는 연애초기에는 사랑에, 시간이 지나면 일
    에 우선 순위를 둔다.

17. 여자는 이수일과의 연애를, 김중배와의 결혼을 바란다. 그렇지만 남자는 어우동과의 연애를, 심청이와의 결혼을 바란다.

18. 여자는 자기 애인을 아버지와 비교하고, 남자는 자기 애인을 친구의 애인과 비교한다.

19. 여자는 대부분 자기가 그 남자의 유일한 여자인줄 알고, 남자는 대부분 자기가 애인에게 잘해준다고 생각한다.

20. 여자는 애인을 남들에게 보이려고 하고, 남자는 남들 눈에 안 보이게 격리시키려고 한다.

21. 여자는 애인 앞에서 다른 남자가 많은 척하고, 남자는 애인 앞에서 다른 여자가 없는 척한다.

22. 많은 사람과 함께 있을 때 남자들은 자꾸만 영웅으로 보이려다가 바보가 되기 일쑤고, 여자들은 곧잘 자기 애인이 질투를 느끼도록 행동한다.

23. 여자는 애인에게 기억에 남을 만한 것을 받고 싶어하고, 남자는 형체로 남지 않는 것을 갖고 싶어한다.

24. 데이트할 때 여자는 조금 늦으려고 하고, 남자는 조금 일찍 나가려고 한다.

25. 여자는 마주쳐 지나가는 데이트족의 동성에게 신경을 쓰고, 남자는 이성에게 신경 쓴다.

26. 여자는 여점원에게 인사를 요구하고, 남자는 여점원의 눈을 요구한다.

27. 여자는 호기심으로 결혼하고, 남자는 지쳐서 결혼한다.

28. 여자는 결혼식 때 겉으로는 울지만 속으로는 웃고 있고, 남자는 겉으로는 웃지만 속마음은 울고 있다.

29. 여자는 사랑할 때 예뻐지고, 남자는 사랑할 때 궁색해진다.

30. 여자는 사랑하기 시작한 남자에게 거짓말을 하고, 남자는 사랑의 감정이 없어진 여자에게 거짓말을 한다.

31. 여자는 남자가 눈으로써 사랑의 감정을 알아주기를 바라지만, 남자는 여자가 좀더 사랑의 감정을 드러나게 표현하기를 바란다.

32. 여자는 경험을 숨기고, 남자는 미경험을 숨긴다.

33. 여자는 키스를 원하고, 남자는 성적인 자극을 원한다.

34. 여자는 섹스를 하고 나서 몸을 기대려 하고, 남자는 떼려고 한다.

35. 여자는 사랑의 질을 기대하고, 남자는 사랑의 양을 자랑한다.

36. 여자의 포옹은 남자를 붙잡아 두려는 것이고, 남자의 포옹은 여자를 감추기 위함이다.

37. 여자는 사랑을 위하여 지혜를 잃지만, 남자는 사랑을 위하여 지혜로워진다.

38. 여자는 원망하면서 사랑하고, 남자는 사랑하면서 원망한다.

39. 남자가 여자를 꽃이라 함은 꺾기 위함이요, 여자가 여자를 꽃이라 함은 그 시듦을 슬퍼하기 때문이다.

40. 거짓말 왕국에 남녀가 살게 된다면 여자는 여왕이 될 것이고, 남자는 성문지기가 될 것이다.

41. 도둑을 사랑한 여자는 천당으로 가지만, 사랑을 위해 도둑질한 남자는 감옥으로 간다.

42. 여자는 일단 친밀한 관계가 되면 무엇이든 이야기하는 관계가 되기를 원하지만, 남자는 아무 말 하지 않아도 알 수 있는 관계가 되길 원한다.

43. 여자는 사랑하는 남자에게 실망하고 처음으로 바람을 피우지만, 남자는 사랑하는 여자가 있어도 바람을 피운다.

44. 여자친구들은 남자가 생기면 친구를 하나 잃은 것이고, 남자친구들은 여자가 생기면 친구가 하나 느는 것이다.

45. 여자는 최초로 "사랑해!"라고 말한 사람을 잊지 못하고, 남자는 마지막으로 "행복하게 사세요!"라고 말한 여자를 잊지 못한다.

46. 여자에게 가장 중요한 세 사람은 최초로 "사랑해!"라고 말한 남자, "엄마!"소리를 처음 들려준 자식, 그리고 "여보!"하는 현재의 남편이다.

47. 여자의 눈을 호수라고 생각한 남자는 언젠가 그 호수에서 익사한다.

48. 오직 한 여자와 사랑을 오래 나눈 남자가 사랑의 본질을 더 잘 알고 있다.

49. 노년의 남자에게 추운 겨울에 필요한 것은 따뜻한 난로보다 오래된 아내다.

50. 여자는 결국 꾸준히 기다려 준 남자에게로 돌아간다. 여자의 사랑에는 감사의 의미도 포함되어 있다.

여자들은 이런다! 

☆ 처음에는 : 어머, 누가 보면 어떡해?

☆ 다음에는 : 누가 봐도 상관은 없지만…….

☆ 막판에는 : 흥, 볼 테면 실컷 보라죠 뭐!

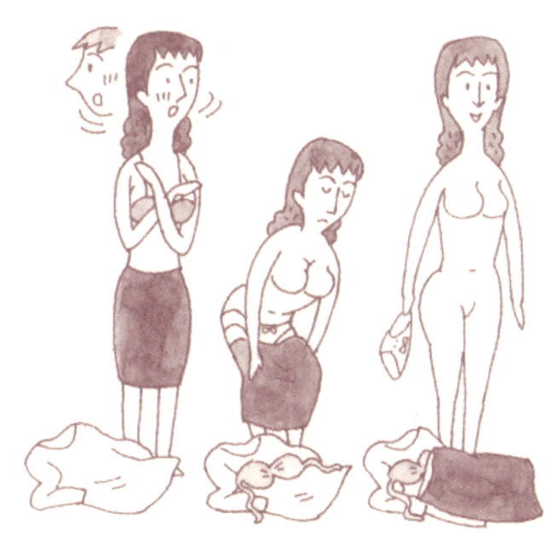

남녀의 이별

1. 남자의 이혼 제기는 자존심이고, 여자의 이혼 요청은 저주심이다.

2. 모든 남자들의 결론은 "여자는 할 수 없어!"이고, 모든 여자들의 결론은 "남자는 다 그래!"이다.

3. 남자는 다른 여자에게서 사랑이 느껴질 때 이별을 고하지만, 여자는 남자에게서 이별이 느껴질 때 이별을 고한다.

4. 사랑이 식으면 여자는 옛날로 돌아가고, 남자는 다른 여자에게로 간다.

5. 여자는 용서하고, 남자는 포용한다.

6. 여자의 용서는 자위고, 남자의 용서는 처벌이다.

7. 여자는 용서할 수는 있지만 잊을 수는 없다고 하고, 남자는 잊을 수는 있지만 용서는 못한다고 한다.

8. 여자는 실연을 추억으로 기억하고, 남자는 고통으로 기억한다.

9. 여자는 실연 당하면 다른 남자에게서 그를 느끼려고 하고, 남자는 실연 당하면 다른 여자를 통해 그녀를 잊으려고 한다.

10. 혼자서 술을 마시는 남자는 여자를 필요로 하는 것이고, 혼자서 담배를 피우는 여자는 남자에 지친 것이다.

11. 남자는 여자를 잊으려고 술을 마시

지만, 여자는 남자를 생각하려고 술을 마신다.

12. 남자는 불행에 빠졌을 때 타락하고, 여자는 행복에 겨울 때 탈선
한다.

13. 여자는 상황이 좋지 않을 때 옛사랑이 생각나고, 남자는 옛 사랑
으로부터 전화가 걸려왔을 때 비로소 그녀가 궁금해진다.

14. 잊혀진 여자보다 더 불쌍한 것은 잊혀질 대상도 못되는 여자다.

15. 한 여자를 버린 남자는 열 명의 우정을 망친다.

남녀의 마음

1. 남자는 여자의 마음은 알 수가 없다고 말을 하고, 여자는 남자를 늑대라고 말한다.

2. 여자는 심리학의 원서, 남자는 누구나 서툰 번역서.

3. 여자는 감정의 변덕스런 귀족, 남자는 이성의 저질스런 재벌.

4. 남자는 막히면 안 되는 관악기이고, 여자는 끊어지면 못 쓰는 현악기이다.

5. 여자는 멜로디로 노래를 부르고, 남자는 가사로 부른다.

6. 여자는 현미경으로 들여다보아야 하고, 남자는 망원경으로 바라보아야 한다.

7. 여자는 남의 이야기를 마음으로 듣고, 남자는 머리로 듣는다.

8. 여자는 말 속에 마음을 담지 않고, 남자는 마음속에 말을 담지 않는다.

9. 여자는 마음에 떠오른 말을 하고, 남자는 마음에 먹은 말을 한다.

10. 여자는 말 속에 마음을 남기고, 남자는 마음속에 말을 남긴다.

11. 여자는 거짓말도 사실이라고 믿으려고 하고, 남자는 사실도 거짓말이라고 의심한다.

12. 여자는 상대의 행동에 속고, 남자는 칭찬하는 말에 속는다.

13. 여자는 행동하기 전에 변명할 것을 생각해두고, 남자는 행동한 다음에 구실을 맞춘다.

14. 여자는 과거에 의지해서 살고, 남자는 미래에 이끌려 산다.

15. 여자는 본능적으로 남자를 알고, 남자는 경험으로 여자를 안다.

16. 여자는 남자를 느낌만으로도 알 수 있다고 하고, 남자는 여자를 체험해야만 알 수 있다고 한다.

17. 여자는 아는 것도 모르는 체하고, 남자는 모르는 것도 아는 체한다.

18. 여자는 모를수록 좋은 일을 너무 많이 알고, 남자는 꼭 알아두어야 할 일을 너무 모른다.

19. 여자는 무드에 약하고, 남자는 누드에 약하다.

20. 여자는 모성으로 수용하고, 남자는 유아성으로 망각한다.

21. 여자는 남자 앞에서 한없이 약해지고, 남자는 여자 앞에서 한없이 강해진다.

22. 여자는 약하기 때문에 악하기 쉽고, 남자는 착하기 때문에 척하기 쉽다.

23. 여자가 시선이 마주쳤을 때 그것을 피하는 것은 나 좀 오래 쳐다봐 달라는 속셈에서다.

24. 여자는 관심 있는 것에 무관심한 척하고, 남자는 관심 있는 것에 얼른 손길을 뻗친다

25. 여자의 무관심은 질투일 때가 많고, 남자의 무관심은 그 자체가

무관심이다.

　26. 여자는 남자 앞에서 알 수 없는 여자가 되려고 하고, 남자는 여자 앞에서 착하고 밝은 면을 강조하려고 한다.

　27. 여자는 언제나 남에게 의지하려 하고, 남자는 언제나 자신에게 의지하려 한다.

28. 여자는 실패담에 흥미를 나타내고, 남자는 성공담에 흥미를 나타낸다.

29. 여자는 약자를 괴롭히며 쾌감을 얻고, 남자는 강자를 괴롭히고 쾌감을 얻는다.

30. 여자는 잡아두면 도망가려 하고, 놓아주면 날아가려 한다.

남자와 여자의 심리 비교

1. 곰 같은 여자보다는 여우같은 여자가 낫다.

→ 개 같은 남자보다는 늑대 같은 남자가 훨씬 낫다.

2. 여자는 시선을 먹고 산다.

→ 남자는 시선을 무시하는 낙으로 산다.

3. 여자의 남녀평등은 남자가 계산한 후부터 시작된다.

→ 남자의 남녀평등은 여자가 해야 될 가사 일을 끝내고 나서야 시작
된다.

4. 세상에서 가장 어설픈 거짓말은 남자가 하는 거짓말이다.

→ 그 거짓말을 믿어 주는 건 세상에서 제일 똑똑한 여자들이다.

5. 사랑에 빠진 남자는 눈이 먼다.

→ 사랑에 빠진 여자는 간뎅이가 붓는다.

6. 남자는 자기 여자가 될 때까지 잘해준다.

→ 여자는 자기 남자가 된 후부터 잘해주기 시작한다.

7. 여자는 손잡고 키스했으면 다 줬다고 생각한다.

→ 남자는 이제부터 시작이라고 생각한다.

8. 여자는 상대방에게 차이면 수치스러워 한다.

→ 남자는 차이면 자신의 화려한 전적에 포함시킨다.

9. 여자는 잊혀진 남자는 흔적조차 없다.

→ 남자는 잊혀진 여자는 가슴깊이 묻어둔다.(남자는 가슴이 넓어 묻어줄
여자는 많다.)

10. 여자는 평범한 남자를 원한다. 평범하게 키 크고, 평범하게 잘생
기고, 평범하게 돈 많은…….(그래서 남자는 평범해지려고 기를 쓴다.)

→ 남자는 그저 여자면 된다. 이승연이나 고소영, 김혜수, 김남주 아
니면 핑클 같은…….(그래서 여자는 김남주 시계. 이승연 목걸이. 고소영
화장품을 쓴다. 그저 여자가 되려고…….)

11. 여자는 자기친구의 나쁜 점을 먼저 말한다.

→ 남자는 자기친구의 웃긴 점을 먼저 말한다.

12. 남자나 여자나 첫사랑은 잊지 못한다.

→ 여자는 딴 사랑이 생길 때까지……. 남자는 평생토록…….

남녀의 생활

1. 남자에게 여자는 필수지만, 여자에게 남자는 선택사항이다.

2. 남자가 많은 곳에서는 여자는 여왕이 되고, 여자가 많은 곳에서는 남자는 왕따가 된다.

3. 여자는 미남에게 떼지어 몰리고, 남자는 미녀를 피하려고 한다.

4. 남자들은 모이면 여자애기를 꺼내고, 여자들은 자식애기부터 시작한다. 남자는 사랑의 대상에, 여자는 사랑의 결과에 집착하기 때문이다.

5. 남자는 여자친구의 생일날을 간혹 깜빡할 때가 있지만, 여자는 그 남자와 만난 날짜와 시간까지도 기억한다.

6. 여자는 남들이 가고 싶어하는 관광지에 가고, 남자는 남들이 가고 싶어하지 않는 곳에 간다.

7. 남자의 우정은 서로를 끌어주는 힘에 의하여 생겨나고, 여자의 우정은 남을 욕하다가 생겨난다.

8. 남자의 욕망은 출세·여자·돈 세 가지이지만, 여자의 욕망은 출세해서 돈 많은 남자를 얻는 것 하나다.

9. 남자가 유명해지면 여자들의 관심을 끌게되고, 여자가 유명해지면 남자들의 경계를 받는다.

10. 남자가 유명해지면 명함에 쓸 것이 많

아지고, 여자가 유명해지면 핸드백 속에 남자의 명함이 많아진다.

11. 남자는 바쁨에서 엘리트임을 의식하고, 여자는 자신의 한가함에
    서 엘리트임을 의식한다.

12. 남자는 직장에서 근무성적의 향상을 위하여 노력하고, 여자는 인
    간관계를 좋게 하려고 노력한다.

13. 여자는 내가 필요할 때 친구가 되고, 남자는 그가 필요할 때 친구
    가 되어준다.

14. 여자는 다른 남녀의 만남에 관심을 갖고, 남자는 철저하게 무관심
    하다.

15. 화가 날 때 여자는 목소리를 최대한 높이고, 남자는 목소리를 최
    대한 내려 깐다.

16. 여자는 사람의 앞에서 울고, 남자는 사람이 없는 곳에서 운다.

17. 여자의 승리는 눈물에서 나오고, 남자의 승리는 힘에서 나온다.

18. 여자는 욕구불만을 채우기 위하여 먹고, 남자는 공복을 채우기 위
    하여 먹는다.

19. 여자는 술이 비싸다고 생각하고, 남자는 싸다고 생각한다.

20. 여자는 마일드 세븐이 멋있는 담배라고 생각하며 피우고, 남자는
    맛있는 담배라고 생각하며 피운다.

21. 여자는 더치 페이를 즐기고, 남자는 혼자서 계산하는 것을 좋아한다.

22. 요즘 여성들은 여자는 여자다워야 한다면 화를 내고, 남성들은 남
    자는 남자다워야 한다면 부끄러워한다.

23. 여자가 멀리할 것은 돈과 남자, 더욱 조심할 것은 돈 많은 남자다.

남자가 하면 변태, 여자가 하면 애교?

1. 남자 화장실에 여자가 들어간다. 당연히 있을 수 있는 실수로 받아들여지고 애교로 봐준다.

→ 여자 화장실에 남자가 들어간다. 바로 잡혀간다. 변태로 낙인 박힌다.(하지만 남자도 실수한다.)

2. 여자가 "아~잉"하고 애교를 떤다. 아아! 귀엽다. 죽으라고 해도 들어준다.

→ 남자가 "아~잉"한다. 오 shit. 너 일루 와봐. 칼맞는다.(하지만 남자도 그럴 수 있다.)

3. 여자가 어린 남자애의 고추를 만지작거린다. 여자라면 모성애다.

→ 남자가 여자 애의 ○○한다. 천하의 애비, 애미 없는 나쁜 놈. 로리타 콤플렉스다.(하지만 남자에게도 부성애가 있다.)

4. 여자가 10살 어린 영계 남과 사귄다. 와! 능력 있다.

→ 남자가 10살 어린 영계 녀와 사귄다. 불륜, 도둑놈, 원조교제라고 한다.(하지만 남자도 사랑한다면 그럴 수 있다.)

5. 대학, 사회에서 여자 선배가 신입의 엉덩이를 두들긴다. 격려, 독려에 가슴이 찡하다.

→ 남자 선배가 신입 여성의 엉덩이를 두들기며 격려한다. 곧바로 공중전화 응급통화를 누르고 112를 누른다.(하지만 남자도 격려할 수 있는 거다.)

남자가 여자를 부러워할 때

1. 여자는 공기 통풍이 잘되는 치마가 있다. 남자는 치마 입으면 미친 줄 안다.

2. 여자는 북극의 어름도 녹일 수 있는 애교가 있다. 남자는 애교 부리다간 열나 터진다.

3. 여자는 신속하게 택시 잡는 허벅지가 있다. 남자는 그랬다간 다리 털 다 뽑힌다.

4. 여자는 놀아도 신부 수업한다고 하면 된다. 남자는 신랑 수업한다고 말도 안 된다.

5. 여자는 화장술로 변신한다. 남자는 화장하면 결혼식인 줄 안다.

6. 여자는 약한 척해도 보호본능이 생긴다. 남자는 약한 척하면 왕따 당한다.

7. 여자는 배가 나오면 여왕대접을 받는다. 남자는 배가 나오면 환자 취급을 받는다.

8. 여자는 대머리 될 염려가 없다. 남자는 한 가닥의 머릿카락도 목숨걸고 지켜야 한다.

9. 여자는 헤어스타일 선택이 자유롭다. 남자는 7:3 아니면 6:4로 비율 조절이다.

10. 여자는 예쁜 걸로 모든 것

이 용서가 된다. 남자는 허우대만 멀쩡하단 소릴 듣는다.

11. 여자의 눈물은 동정심을 산다. 남자가 눈물을 흘리면 조의금이 들어온다.

12. 여자는 돈 없어도 야타족이 있어 무임승차가 가능하다. 남자는 그랬다간 멸치잡이 신세가 된다.

13. 여자는 키가 작아도 귀엽다는 소릴 듣는다. 남자는 키 작으면 스머프인 줄 안다.

MOTEL

첫날밤이 걱정돼

남자

1. 숫처녀야 할 텐데…….

2. 긴장해서 ○○ 못 찾으면 쪽팔리는데…

3. 과연 잘 할 수 있을까?

4. 샤워는 누가 먼저 해야 하나? 시간도 없는데 같이 하면 안되나?

5. 그냥 잠만 자자고 하면 어떻게 하지?

6. 불은 언제 꺼야 하나? 켜놓고 하면 안되나?

여자

1. 서투른 척해야 하는데…….

2. 나도 모르게 기술이 나오면 어떻게 하지?

3. 저 놈 조루면 어떻게 하지?

4. 가만히 누워 있을까? 내가 올라 탈까?

5. 피임약을 먹을까? 말까?

6. 화장을 지울까? 지우면 못 알아볼 텐데?

언어별 사랑해

☆ 영 어 : I love you (아이 러브 유)

☆ 독일어 : Ich liebe dich (이히 리베 디히)

☆ 불 어 : Jet ′ aime (즈 뗌므)

☆ 일본어 : 愛(あい)している (아이시떼이루)

☆ 아랍어 : Wuhibbuka (우히부카)

☆ 러시아어 : Я Вас Люблю (야 바스 류블류)

☆ 이태리어 : Ti amo (띠 아모)

☆ 포르투갈어 : Gosto muito de te (고스뜨 무이뜨 드 뜨)

☆ 서반아어 : Te qiero (떼 끼에로)

☆ 루마니아어 : Te iubesc (떼 이유베스크)

☆ 헝가리어 : Szeretlek (쎄레뜰렉)

☆ 네덜란드어 : Ik hou van jou (이크 하우 반 야우)

☆ 필리핀어 : Mahal kita (마할 키타)

☆ 에스페란토 : Mi amas vin (미 아마스 빈)

I LOVE YOU의 참뜻

☆ Inspire warmth (따뜻함을 불어넣어 주고)

☆ Listen to each other (상대방의 말을 들어 주고)

☆ Open your heart (당신의 마음을 열어 주고)

☆ Value yourself (당신을 가치 있게 평가하고)

☆ Express your trust (당신의 신뢰를 표현하고)

☆ Yield to (advice with) good sense (좋은 말로 충고해 주고)

☆ Overlook mistake (실수를 덮어 주고)

☆ Understand difference (서로 다른 것을 이해해 주는 것)

사랑의 수학

1. 사랑 + 사랑 = 연애

2. 사랑 × 사랑 = 결혼

3. 사랑 ÷ 사랑 = 섹스

4. 사랑 − 사랑 = 이혼

5. 사랑 + 0 = 짝사랑

6. 사랑 × 0 = 과부 (홀아비)

7. 사랑 ÷ 0 = 노처녀 (0 ÷ 사랑 = 노총각)

8. 사랑 − 0 = 몽달귀신

사랑의 낙서

1. 사랑은 어리석은 자의 지혜이며, 지혜로운 자의 어리석은 행동이다.

2. 사랑은 영혼을 지켜주는 작은 나무이다.

3. 사랑이란 자욱한 안개 속에 비치는 하나의 별이다.

4. 짙은 사랑일수록 금방 변색된다. 맑은 밤하늘의 보름달보다 구름사
   이로 간간이 보이는 반달이 더 운치가 있듯 사랑도 이와 같다.

5. 높이 나는 새는 짝을 잃듯이 사랑도 마찬가지다.

6. 사랑, 무지개, 노을, 미녀, 꿈 다같이 아름답다. 그래서 똑같이 순
   간적이다.

7. 시는 말에 대한 사랑, 철학은 삶에 대한 사랑, 과학은 미지에 대한
   사랑, 사랑은 사람에 대한 사랑이다.

8. 봄에는 소녀와, 여름에는 귀부인과, 가을에는 올드미스와, 겨울에
   는 천사와 사랑을 하라.

9. 떠난다는 것은 마음을 남긴다는 것, 헤어진다는 것은 마음을 빼앗
   긴다는 것, 사랑한다는 것은 마음을 나눈다는 것이다.

10. 사랑에 있어 가장 높은 감정의 통제본부는 무관심이어야 한다.

11. 사랑의 감정은 그것을 감추려고 할수록 노출된다.

12. 공개된 사랑은 뚜껑 열린 샴페인과 같다.

13. 거짓으로 사랑하는 척하기보다 사랑하지 않는 척하기가 더 어렵다.

14. 사랑은 환상으로 시작해서 착각의 확인으로 끝나기 쉽다. 처음에
    사랑한다는 말과 3년 후에 사랑한다는 말은 다르다. 전자는 환상

이고 후자는 타협이다.

15. 사랑은 고뇌의 결과로서의 선택이 아니다. 그것은 선택의 결과로서의 고뇌의 과정이다.

16. 철학은 "삶이란 무엇인가?"이고, 종교는 "죽음이란 무엇인가?"이지만, 사랑은 이 두 가지에 대한 해답이다.

17. 깃대에 깃발이 없으면 무의미하다. 깃발에 바람이 없으면 더 무의미하다. 방황은 사랑의 깃발에 부는 바람이다.

18. 사랑은 이율배반적이다. 맹목적일 때 가장 순수하고, 합리적일 때 가장 무미건조하다.

19. 사랑을 하는 모든 이들은 때론 돈으로 시험 당하고, 때론 상대방으로부터 시험 당한다.

20. 사랑을 함에 있어 무엇이든지 해주겠다는 사람에겐 아무 것도 기대하지 말라.

21. 제일 먼저 하는 것이 영원한 사랑의 약속이고, 제일 지켜지지 않는 것이 그 첫 약속이다.

22. 종교적 사랑은 내일이고 인간적 사랑은 지금이다.

23. 사랑에 있어 죽음보다 슬픈 것은 망각이다.

24. 사랑에는 국경이 없다지만 실제로는 옆집 담장도 넘기 어렵다.

25. 이 세상에서 가장 슬픈 것은 너무 일찍 죽음을 생각하게 되는 것이고, 가장 불행한 것은 너무 늦게 사랑을 깨우치는 것이다.

26. 가장 미련한 것은 사랑을 알아차리지 못하는 것이고, 가장 슬픈 것은 사랑을 해보지 못 하는 것이며, 가장 불행한 것은 사랑을 이

해하지 못하는 것이다.

27. 이른 사랑은 물처럼 흘러가고 늦은 사랑은 불처럼 타오른다.

28. 이유가 있는 사랑, 조건이 있는 결혼, 모두 무제無題다.

29. 결혼을 전제로 사랑을 하지 말라. 그것은 추리소설을 뒤에서부터 읽는 것과 같다.

30. 시작이 잘못이었다는 생각이 들면 그것은 절대로 사랑이 아니다.

31. 여자의 뒤만 쫓아다니던 남자는 결국 여자에게 쫓기게 된다.

32. 사랑을 장난감으로 아는 사람이 제일 먼저 고장이 난다.

33. 사랑의 빛이 강하면 강할수록 더욱 짙은 질투의 그림자가 따른다.

34. 사랑은 거부당할 때보다 빼앗기는 게 더 충격적이다. 전자는 손수건을, 후자는 칼을 찾는다.

35. 사랑에 있어 처음에는 감정이 사람을 속이지만, 나중에는 사람이 감정을 속인다.

36. 사랑에 있어 가장 먼저 무너지는 것은 자존심이다.

37. 문화가 오염되면 인간이 병들고, 인간이 병들면 사랑이 입원한다.

38. 사랑은 축적되고 질투는 충전된다.

39. 사랑엔 휴일이 있지만, 질투엔 공휴일이 없다.

40. 사랑은 욕망에 허물어지고, 기대로 무너지며, 의심으로 퇴색된다.

41. 어떨 땐 당신은 사랑의 말보다 질투의 말을 별식처럼 즐긴다.

42. 갈 데까지 간 사랑은 유효기간이 지난 당첨복권과 같다.

43. 인생은 칸타빌레(cantabile, 노래하듯이), 사랑은 아파쇼나토(appassionato, 정열적으로)

44. 돈을 잃으면 자유의 일부 상실이며, 건강을 잃으면 생활의 상실이고, 사랑을 잃으면 존재 이유의 상실이다.

45. 사랑은 리얼리스트에겐 결혼, 로맨티스트에겐 연애, 상징주의자에겐 섹스, 고전주의자에겐 자살이다.

46. 순수한 사랑은 체념에 이르고, 정열적 사랑은 허무에 빠지며, 감상적 사랑은 지속되지 못하고, 동물적 사랑은 파탄에 이른다.

47. 사랑의 시작에도 술이 있고, 사랑의 종말에도 술이 있다. 다만 첫좌석에는 두 사람, 마지막 자리에는 한 사람일 뿐이다.

48. 사랑, 정신병, 여행, 술……. 제자리에 돌아오면 모두 아쉬워지는 것들이다.

49. 누구나 사랑 이야기를 들으면 전과자나 환자가 된 듯 해진다.

50. 사랑의 논쟁에 있어 미경험자는 흥분하고, 진행중인 사람은 말이 없고, 실패한 사람은 미소를 짓는다.

51. 사랑 때문에 고뇌해 본 사람은 잘못된 사랑에도 비웃음을 보내지 않는다.

52. 용기의 결핍증은 "너무 사랑하기 때문에 헤어질 수밖에 없다."는 말로 미화된다.

53. 사랑의 슬픔은 이별에 있다. 그러나 더욱 슬픈 것은 헤어진 후에도 못 잊어하는 것이다.

54. 뜨겁게 사랑하고 차갑게 헤어져라.

55. 사랑 때문에 아파 본 사람은 사랑 때문에 울지 않는다.

56. 이별을 하고서야 아름다워지는 사랑, 그것은 감정의 자기도취다.

57. 살아갈 가치도 없는 인간은 사랑 때문에 자살하는 부류이고, 사랑
    할 자격이 없는 인간은 사랑을 위해서 목숨을 바치지 못하는 부
    류이다.

58. 이 세상에서 가장 아름다운 사람은 사랑에 실패하고서도 새로운
    삶을 열심히 개척하는 사람이다.

59. 이별 후에도 시간이 흐를수록 점점 새로워지는 추억이 되는 것은
    그것이 진실한 사랑이라는 증거다. 추억이란 영혼의 스크린에 남
    는 감성의 메아리.

60. "사랑해요!"와 "안녕히!" 사이에 존재하는 것, 그것을 우리는 '세
    월'이라고 부른다.

61. 컴퓨터에게 "사랑이란?"하고 물었다. '저는 신제품이라 아직은 잘
    모릅니다.'

※ 사랑낙서……. 그 잡다한 나열의 끝에도 결국은 형체를 알 수 없는 것, 그러
   나 언제든 존재하는 것, 그래서 우리를 숨쉬게 하는 것, 사람들은 사랑을 찾
   아 밖에서 헤매고 사랑은 홀로 안에서 기다리는 그런 이상스런 세상을 살고
   있는 것이다.

사랑 감별법

1. 술에 취해 울며 "나 힘들어……."라고 전화로 고백을 하는 사람이 있다면 그 사람은 당신을 사랑하는 겁니다.

2. 나의 부탁에 항상 "no!"가 아닌 "yes!"일 때, 그리고 어설픈 말투로 "그러지 모~!"라고 대답을 한다면 그 사람은 당신을 사랑하는 겁니다.

3. 친하지는 않은데 이상하게도 나와 내 친구가 만나고 동호회든, 어디든 내가 속해있는 곳에서 자주 눈에 뜨이는 그 사람을 보게 된다면 그 사람은 당신을 사랑하는 겁니다.

4. 자주는 아닙니다. 어쩌다 가끔 전화를 받았을 때 "나야……. 심심해서 전화했어."라고 짧은 말과 함께 전화를 끊는 사람이 있다면 그 사람은 당신을 사랑하는 겁니다.

5. 아무런 표정 없이 당신을 바라보는 사람이 있다면, 그리고 그의 눈을 보았을 때 딴청을 부린다면 그 사람은 당신을 사랑하는 겁니다.

6. 단 둘이 이야기를 하고 있는데도 단 몇 초만이라도 상대의 눈을 비라보지 못 한다면 그 사람은 당신을 사랑하는 겁니다.

7. 마지막으로 이 글을 보고 '설마~!' 라고 생각하는 그 사람이 바로 당신을 사랑하는 사람일 겁니다.

사랑을 하려면

1. 사랑을 하려면 욕심을 버려야 해요.

→ 사랑을 하면 할수록 그에 대한 바램이 커져가기 때문이죠.

2. 사랑을 하려면 자존심을 버리세요.

→ 자존심을 내세우는 사랑은 결코 오래갈 수 없으니까요.

3. 사랑을 하려면 의심하는 마음을 버리세요.

→ 그는 당신이 의심할 만큼 거짓된 사람이 아니거든요. 의심하는 사
랑은 진실할 수 없으니까요.

4. 사랑을 하려면 그 어떤 것도 아끼지 마세요.

→ 아낌없이 주지 못하면 못내 후회하게 되니까요.

5. 사랑을 하려면 그 사람을 자기 자신보다 사랑하진 마세요.

→ 먼저 힘들어 지칠지도 모르니까요.

6. 사랑을 하려면 자기 자신을 사랑할 줄 아는 사람이 되세요.

→ 자신을 사랑할 줄 알아야 남도 사랑할 줄 알거든요.

7. 사랑을 하려면 집착하지 마세요.

→ 그가 부담스러울 수 있으니까요.

8. 사랑을 하려면 사랑하기 전에 많이 배워 놓으세요.

→ 자신을 위해 시간을 쓸 줄 아는 방법, 혼자만의 생활을 즐길 줄
아는 방법, 그 없이도 살 수 있는 방법.

9. 사랑을 하려면 약해지지 마세요.

→ 혹 당신이 잊혀졌대도 아파하지 마세요. 당신도 시간이 지나면 그

를 잊게 될 테니까요.

10. 사랑을 하려면 순간 순간을 아끼세요.

→ 사랑한다고 느끼는 순간 사랑한단 말을 하세요. 사랑한다고 느끼
는 순간 안아주세요. 사랑한다고 느끼는 순간 키스해주세요. 사랑
이 끝나면 그런 순간은 다시 쉽게 오지 않을 테니까요

11. 사랑을 하려면 항상 감사하는 마음을 가지세요.

→ 그를 사랑할 수 있게 인연을 맺어준 하늘에게 감사하세요. 세상에
태어나 그를 만날 수 있게 해준 부모님께 감사하세요. 한없이 부
족한 나를 사랑해주는 그에게 감사하세요.

12. 사랑을 하려면 냉정해지세요.

→ 언젠가 그에게 상처받아 눈물 흘리지 않도록.

13. 사랑을 하려면 기다림을 아는 사람이 되세요.

→ 그가 방황할 때 기다려 주는 사랑이 되세요.

14. 사랑을 하려면 슬픔을 아는 사람이 되세요.

→ 그가 슬퍼할 때 조금이나마 덜어줄 수 있는 사람이 될 수 있게요.

15. 사랑을 하려면 진실 된 사람이 되세요.

→ 먼저 진실 된 사람이 되세요. 그래야 그도 진실 된다고 믿을 수
있으니까요.

16. 사랑을 하려면 모든 것을 좋아하는 사람이 되세요.

→ 티 없이 맑은 아이들, 맑게 개인 파란 가을하늘, 그의 장·단점까
지도 좋아하는 사람이 되세요.

17. 사랑을 하려면 마음이 따뜻한 사람이 되세요.

→ 가슴 시린 겨울에도 그를 따뜻한 가슴으로 안아줄 수 있는 그런
  사람이 되세요.

18. 사랑을 하려면 자기 스스로 낮아지지 마세요.

→ 스스로를 낮추다보면 사랑할 가치조차 없는 사람으로 생각되니까
  요.

신혼여행 첫날밤

신혼여행을 간 부부. 두 사람은 첫날밤의 일을 치른 후 여행의 피로
함과 한잔 걸친 술 때문에 스르르 눈이 감겼다. 신랑은 총각시절의 버
릇으로 신부에게 "이만 오천 원이죠?" 라고 말하면서 돈을 꺼내려고 하
였다. 그러자 신부가 말했다. "머리맡에 놓고 가요."

애인과 연인

물 잔을 엎질렀을 때

☆ 100 일 : "앗! 자기야 괜찮아? 다친 데 없지? 아저씨! 여기 좀 빨리
치워주세요."

☆ 1 주년 : "이런! 옷에 물 떨어질라. 빨리? 아. 어어! 이쪽으로 물 흐
른다."

☆ 1000일 : "븅~신! 넌 무슨 날(100일, 1주년 등)만 되면 지랄이냐,
엉?"

회사 앞에 와서 전화하면

☆ 100 일 : "어? 웬일이야. 신난다! 오늘 맛있는 거나 먹자. 잠깐만
기다려. 금방 나갈게. 알았지?"

☆ 1 주년 : "왔어? 어디 가서 뭐 먹고 있어. 쫌 있으면 끝나니까 잡지
나 보고 있든지……."

☆ 1000일 : 기다리라고 하고 아까 하던 인터넷 야한 사이트 계속 보
다가 까먹고 그냥 집에 간나.

"나 잡아봐~ 라"하면서 뛰어가면

☆ 100 일 : "하하하! 꺄르륵~ 잡히면 혼내줄 거야."하며 괜히 못 잡
는 척 따라간다.

☆ 1 주년 : 못이기는 척 뛰어가서 금방 잡아 버린다. "됐지?"하며 숨

을 헐떡거린다.

☆ 1000일 : "또 지랄이네!"하며 잽싸게 쫓아가서 뒤에서 다리를 걸어 넘어뜨려서 무릎팍을 깨놓는다. "봤지? 너만 손해야, 븅신아!" 그리고는 다시는 못하게 각서를 받아놓는다.

여자가 감기에 걸려서 콜록거렸을 때

☆ 초반기 : 여기 약 지어왔어. 자기야! 헉헉.

☆ 진행기 : 차라리 내가 아팠으면 좋겠다. 흑…….

☆ 과도기 : 그러게 왜 그렇게 싸돌아다녀?

☆ 권태기 : 야, 야! 음식에 콧물 떨어지잖아!

☆ 말년기 : 아까 니가 입댄 컵이 어떤 거냐?

애인과 알바의 공통점

1. 구하기 힘들다.

2. 돈 때문에 생각해야 할 일이 많다.

3. 있다가 없으면 허전하다.

4. 있다고 자랑할 때도 있다.

5. 그러다 귀찮을 때도 있다.

6. 막 찾으려고 하면 잘 안 생긴다.

7. 신경 끄고 있을 때 기회가 오곤 한다.

8. 익숙해지기까지 제법 걸린다.

9. 옛날 것이 그리워지기도 한다.

10. 힘들어서 그만둘 때도 정신적 압박이 상당하다.

11. 남들 다 있는데 나만 없을 때 나 자신이 무능력하게 느껴진다.

애인을 감동시키는 법

1. 영화를 보러가기 전에 "사랑해!"라고 적은 쪽지를 아주 많이 준비한다. 그리고 극장 안에서 팝콘을 한 다발 사서 미리 준비한 쪽지를 꼬깃꼬깃 접어서 팝콘 다발에 집어넣는다. 여자친구가 팝콘을 먹다가 무의식 중에 이상한 쪽지를 발견하고 그 쪽지를 펴보면…….

2. 넓은 나뭇잎(호박잎, 오동나무, 플라타너스 등)에 꿀로 서로의 이름을 한 자로, 아니면 한글로 쓴 다음 나무 밑이나 잔디밭에 하루정도 놔둔다. 그러면 벌레들이 꿀이 묻은 자리만 갉아먹어 자연발생적으로 생긴 것같이 보인다. 그리고 그것을 무슨 큰일이나 난 것처럼 수선을 떨며 애인에게 가져가 보인다. 그리고 이렇게 말한다. "이건 하늘의 계시야!"

3. 흐린 하늘의 사진을 한 장 찍는다. 그리고 그 사진을 5×7이나 8×10으로 확대를 시킨다. 다음 그 사진에다 흰색 유성 펜으로 편지를 쓴다. 그리고 동물원 테이프를 동봉해서 부친다.(동물원의 "흐린 가을 하늘에 편지를 써"라는 테이프를 꼬~옥.)

4. 무더운 여름날 자그마한 상자에 캔 맥주, 장미 한 송이, 그리고 드라이 아이스를 같이 넣어 애인이 있는 곳으로 퀵 서비스로 보낸다.

"잠깐이라도 시원하길!"이란 쪽지는 물론.

5. 애인과 키스를 했거나 팔짱을 끼고 걸어다닐 때 애인의 눈을 지긋이 바라보며 말한다. "난 네가 어디서 무엇을 하든지 간에 이런 가까운 거리를 허용하는 이성이 단 한 명뿐이길 바래!"

6. 만나자마자 서로의 지갑을 바꾼다. 그리고 비싼 데로만 다닌다. 계산할 때가 되면 신발끈을 오래 묶든지 화장실을 가든지 어떻게든 내 지갑의 돈을 쓰게 만든다. 돈은 내가 내고 생색은 애인이 낸다.(지갑에 귀여운 애인의 얼굴은 물론 들어있겠지.)

7. 헤어질 때마다 애인에게 500원짜리 동전을 손에 꼭 쥐어준다. 아무 말 없이 애인은 그저 차비려니 하고 생각할 것이다. 그렇게 계속 오랫동안 그런 행동을 한다. 그리고 어느 날 동전을 전해주면서 이렇게 말한다. "이게 1,000번째 학이야, 네 소원을 기도해. 이루어질 꺼야!"

8. 갑자기 가슴이 아프다며 어디에 가서 좀 쉬자고 한다. 걱정된 얼굴로 여자가 당신의 가슴을 만지면 "아이 러브 유!"라고 말한다.(인형에 나오는 닭살 나는 목소리로⋯⋯.)

9. 다른 친구들을 만나러 간다는 애인에게 미소를 지으며 말한다. "네가 기쁠 땐 날 잊어도 좋아!"

10. 애인의 어머니 생신 때는 꼭 꽃배달 서비스를 이용하여 꽃을 보낸다. (자기가 직접가면 안됨.) "당신의 한 부분이 어느 젊은 청년에게는 전부가 되었습니다. 고맙습니다."라는 메모와 함께.

찰떡궁합 이름

상황 1

이름은 '철' 이요, 성은 '전' 인 남자가 있었다.

그가 선을 보게 되어 상대 여자에게 자기소개를 했다.

"안녕하세요. 제 이름은 '전 철' 입니다."

그러자 그녀가 갑자기 웃음을 터뜨렸다. 남자가 왜 웃느냐고 묻자 그 여자가 말했다.

"실은 제 이름이 '이 호선' 입니다."

상황 2

이름은 '신중' 이요, 성은 '임' 인 남자가 있었다.

그가 선을 보게 되어 상대 여자에게 자기소개를 했다.

"안녕하세요. 제 이름은 '임신중' 입니다."

그러자 그녀가 갑자기 웃음을 터뜨렸다. 남자가 왜 웃느냐고 묻자 그 여자가 말했다.

"실은 제 이름이 '오계월' 입니다."

친구를 4자성어로 하면?

○ 흔히 친구를 벗이라 말
한다. 이를 벗 '붕朋' 이
라 한다.

○ 친구 사이에는 당연히 믿
음이 있어야 한다. 이를
믿을 '신信' 이라 한다.

○ 친구는 빛이다. 고로 내 마음을 밝게 비추어주는 빛 '색色' 운이 감
돌고 있다.

○ 친구들끼리는 자신들만의 알 수 없는 기운이 감돌고 있다. 이를
기운 '기氣' 라 한다. 따라서 친구를 4자 성어로 하면 '붕신색기' 이
다.

4부

키즈 유머

호박잎
떨어졌어요

호박에 관한 난센스 퀴즈

1. 살찐 여인이 일광욕하는 모습은? – 호박 말리기

2. 못생긴 여자가 목에 스카프를 하고 있는 모습을 뭐라고 할까? – 호박잎

3. 못생긴 여자가 얼굴에 오이 마사지를 하는 것을 뭐라고 할까? – 호박전

4. 못 생긴 여자가 얼굴에다 계란 마사지를 하면 뭐라고 할까? – 호박전 부치기

5. 버스가 급정거하는 바람에 많은 여학생들이 남학생 앞으로 굴러왔다. 그때 남학생이 뭐라고 말했을까?

   – 호박이 넝쿨 채로 굴러왔군

줄임말과 다른 표현

1. 남자는 모두 도둑놈이다를 3자로 줄이면? – 경험담

2. 못다 핀 꽃 한 송이를 4자로 표현하면? – 꽃봉오리

3. 코끼리 두 마리가 싸움을 하다가 코가 빠졌다를 4자로 줄이면?

   – 끼리 끼리

4. 미친놈 따로 없다를 2자로 줄이면? – 너다!

5. 할배 발이 제일 크다를 4자로 줄이면? – 노발대발

6. 나보다 조금 더 높은 곳에 네가 있다를 6자로 표현하면? – 니 와 거기

   있노?

7. 닭이 길을 가다가 넘어지는 소리를 2자로 표현하면? – 닭꽝!

8. 땅 투기꾼과 인신매매자를 7자로 표현하면? – 땅 팔자 사람팔자

9. 돼지띠 동갑나기 부부의 침실을 4자로 표현하면? – 돼지우리

10. 부자와 가난한 사람을 다른 말로 표현하면? – 맨션이냐, 맨손이냐?

11. 소는 소인데 무슨 소인지 알 수 없는 소를 4자로 표현하면? – 모르

    겠소

12. 자전거를 못탄다라는 말을 5자로 표현하면? – 모타싸이클

13. 선풍기를 틀어 놓고 자다가 죽은 사람을 9자로 표현하면? – 바람과 함께 사라지다

14. 불행한 일이 계속 겹침을 4자로 표

현하면?

15. 우유를 6자로 표현하면?

16. 9명의 자식을 3자로 표현하면?

17. 다섯 그루의 나무를 2자로 표현하면?

18. '태종태세 문단세……'를 3자로 표현하면?

19. 소가 웃는 소리를 3자로 표현하면?

20. 여자 5명을 3자로 표현하면?

21. 시골에 사는 사람을 3자로 표현하면?

22. 한 명의 야당 정치인과 두 명의 여당 정치인을 4자로 표현하면?

23. 씨름 선수들이 쭉 늘어서 있다를 3자로 줄이면?

24. 옷을 홀딱 벗은 남자의 그림을 4자로 표현하면?

25. 포경수술을 하고 나오다가 넘어졌다를 7자로 줄이면?

26. 멍청한 바보가 오줌을 싼다를 3자로 줄이면?

27. 술과 커피는 안 팝니다를 4자로 줄이면?

28. 청소하는 여자를 3자로 표현하면?

29. 양초 갑에 양초가 꽉 차있을 때를 3자로 표현하면?

30. 도둑이 도둑질하러 가는 모습을 4자로 표현하면?

31. 고추잠자리를 2자로 표현하면?

32. 네 그루의 나무를 4자로 표현하면?

33. 화장한 쥐가 창 밖에 내리는 비를 보고 있는 것을 6자로 표현하

면? - 화장 쥐는 비 봐

34. 흥부네 자식 10명을 7자로 줄이면? - 흥부 새끼 십 새끼

35. 흥부가 자식을 20명이나 낳았다를 6자로 줄이면? - 흥부 ○힘 쎄다

36. 할머니를 5자로 표현하면? - 흰머리소녀

37. 비가 로스앤젤레스에 갈 예정이다를 4자로 표현하면? - LA갈비

직업과 노래

1. 대령이 가장 좋아하는 노래는? - 저 별은 나의 별

2. 도둑이 가장 좋아하는 노래는? - 모두 잠든 후에

3. 산부인과 의사들이 가장 좋아하는 노래는? - 열애

4. 솔로들이 가장 좋아하는 노래는? - 화려한 싱글

5. 양담배 불매운동을 하는 사람이 즐겨 부르는 노래는?

   - 솔아 솔아 푸르른 솔아

6. 어부가 제일 싫어하는 노래는? - 바다가 육지라면

7. 우산 장수가 가장 좋아하는 노래는? - 가을비 우산 속에

8. 정력이 약한 남성들이 가장 싫어하는 노래는?

   - 아직도 어두운 밤인가 봐

9. 플레이보이들이 즐겨 부르는 노래는?

   - 세상에 뿌려진 사랑만큼

10. 화장품 가게 주인이 싫어하는 노래는?

   - 거울도 안 보는 여자

여자들에 대한 퀴즈

1. 못 먹어도 고를 외치는 여자는? - 고고한 여자

2. 제비족에게 최초로 당한 여자는? - 놀부 마누라

3. 애 낳다가 죽은 여자는? - 다이애나

4. 남자 없이 못사는 여자는? - 면도사

5. 여름을 가장 시원하게 보내는 여자는? - 바람난 여자

6. 변비로 심하게 고통받는 여자는? - 변심한 여자

7. 시장바구니를 들고 카바레로 들어가는 여자

    는? - 볼 장 다 본 여자

8. 남의 등쳐먹고 사는 사람은? - 안마사

9. 사방이 꽉 막힌 여자는? - 엘리베이터 걸

10. 정말 끝내준 여자는? - 이혼한 여자

11. 다방에 가면 꼭 창 없는 구석에 앉는 여자는? - 창피한 여자

12. 한 겨울에 미니 스커트에 스타킹도 신지 않고 다니는 여자는?

    - 철없는 여자

13. 활을 정말 잘 쏘는 여자는? - 활기찬 여자

14. 창밖의 여자보다 더 불쌍한 여자는? - 창틀에 낀 여자

15. 세계에서 몸집이 제일 큰 여자는? - 태평양

16. 세계적으로 알려진 세 여자는? - 태평양, 대서양, 인도양

살 수 있는 방법

1. 기차에 부딪쳐도 살 수 있는 방법은? – 뒤에서 부딪힌다

2. 독약을 먹고도 죽지 않는 방법은? – 해독제와 함께 먹는다

3. 머리에 총 맞고도 살 수 있는 방법은? – 총알만 안 맞으면 된다

4. 비행기 위에 설 수 있는 방법은? – 서 있는 비행기에 올라간다

5. 63빌딩에서 떨어져도 죽지 않는 방법은? – 1층에서 뛰어 내린다

신조어 퀴즈

1. 인사말이 아닌 것은?

    ① 하이루　② 방가방가　③ ㅎ2　④ 빠빠

2. "즐"의 뜻은?

    ① 즐겨, 자주　② 너나 즐겁게 놀아　③ "줄"의 가벼운 말

    ④ 매우

3. "당근"의 뜻은?

    ① 당직 근무자　② 필요하다　③ 당연하다　④ 우두머리

4. "얼큰이"란?

    ① 성격이 호탕한 사람　② 성격이 불같은 사람

    ③ 얼굴이 큰 사람　④ 얼큰한 음식

5. "공포학번"이란?

    ① 복학생　② 조교　③ 편입생　④ 신입생

6. "빌딩 타기"란?

    ① 고층빌딩 유리창 닦기

    ② 대형빌딩에 찾아가 물품구매나 회원가입을 권유하는 것

    ③ 빌딩계단을 오르내리며 운동하기

    ④ 누워서 하는 보디빌딩

7. 인터넷에서 "등수놀이"란?

    ① 이메일을 누가 많이 받는가 놀이

    ② 타자를 누가 더 빨리 치는가 놀이

③ 댓글을 빨리 다는 순서대로 순위를 정하는 것

④ 검색을 누가 더 빨리 하는가 놀이

8. 학교와 관련 없는 것은?

① 고딩　② 담탱　③ 야자　④ 비방

9. 어려운 경제상황을 반영한 용어가 아닌 것은?

① 이태백　② 삼팔육　③ 사오정　④ 오륙도

10. 성격이 다른 것은?

① 발리러버　② 다모폐인　③ 애장금　④ 과일사랑

11. 나머지 셋과 의미가 다른 것은?

① 즐겁게 감상하라　② ㅈㄱ　③ 즐감　④ 즐겜

12. 잘못 짝지어진 것은?

① 아뒤 → 아이디　② 비번 → 비밀번호

③ 짱나 → 빛난다　④ 중딩 → 중학생

13. 해석이 알맞지 않은 것은?

① ㅋㅌ → 키득　② ㅋㅋ → 크크　③ ㅊㅋ → 초코

④ ㅇㅇ → 알았다

14. 포토샵으로 인물사진을 합성하거나 얼굴사진을 예쁘게 꾸미는 등
의 행위는?

① 사진 놀이　② 화장 놀이　③ 성형 놀이　④ 이미지 놀이

15. 엉덩이가 예쁜 사람은?

① 얼짱　② 엉짱　③ 힙짱　④ 몸짱

16. 디지털 카메라를 항상 휴대하며 언제 어디서든 즐겨 찍는 사람은?

① 폰카족　② 디카족　③ 웹캠족　④ 엄지족

17. 결혼은 하지 않고 아이만 낳아 기르는 여성은?

① 미혼모　② 비혼모　③ 독신녀　④ 노처녀

18. 직장생활하면서 아이를 키우는 여성을 부르는 말은?

① 슈퍼 우먼　② 슈퍼 걸　③ 슈퍼 맘　④ 원더우먼

19. 나긋나긋하고 부드럽지만 때로는 남자다운 면모를 보여주는 외유
내강형의 남자는?

① 꽃미남　② 온미남　③ 남미남　④ 냉미남

20. 개인휴대전화나 휴대정보 단말기 등을 이용해 언제 어디서나 필
요한 정보를 주고받으면서 일하는 사람은?

① 코쿤족　② 디지털 페인　③ 모바일 오피스 족

④ 디지털 유니섹스 족

21. 인터넷을 의미하는 웹(web)과 자료를 뜻하는 로그(log)의 합성어
로 자신의 관심사에 따라 자유롭게 글을 올릴 수 있는 일종의 개
인사이트는?

① 홈페이지　② 인터넷 카페　③ 블로그　④ 게시판

[해답] 1.④　2.②　3.③　4.③　5.④　6.②　7.③　8.④　9.②　10.④　11.④　12.③
13.③　14.③　15.③　16.②　17.②　18.③　19.②　20.③　21.③

남자들아! 여자들아~

1. 남자들아! 여자를 믿지 마라. 남자를 생각하는 척하면서 자기 이익을 챙기는 게 여자다.
   여자들아! 남자를 믿지 마라. 다 챙겨주는 척하면서 아무생각 없는 게 남자다.

2. 남자들아! 여자를 아끼지 마라. 한번 잊고 나면 두 번 다시 돌아오지 않는 게 여자다.
   여자들아! 남자를 잊어라. 사랑하면서 자존심 때문에 뒤돌아 서는 게 남자다.

3. 남자들아! 너무 많은 신뢰는 주지 마라. 다 해줄 거라 착각하는 게 여자다.
   여자들아! 사랑한다고 자주 말하지 마라. 사랑한다 자주 말하면 무뎌지는 게 남자다.

4. 남자들아! 화내지 마라. 화 한마디에 정떨어져서 보기 싫은 게 여자다.
   여자들아! 애교를 많이 부리지 마라. 지가 좋아서 그러는 줄 알고 착각하는 게 남자다.

5. 남자들아! 무관심해지지 말아라. 그 무관심에 마음을 닫아버리는 게 여자다.
   여자들아! 제발 삐지지 마라. 달래주는 척해도 속으론 지겹다고 생각하는 게 남자다.

6. 남자들아! 항상 친절하지 마라. 너무 많은 친절은 희소성이 없는 사랑을 뜻한다고 생각하는 게 여자다.

여자들아! 너무 튕기지 마라. 자기가 싫어서 그런 거라 착각하는 게 남자다.

7. 남자들아! 여자 눈을 빤히 쳐다보지 마라. 그런 남자를 바람둥이라고 생각하는 게 여자다.

여자들아! 남자에게 매달리지 마라. 매달리는 여자일수록 더 정떨어지는 게 남자다.

8. 남자들아! 여자가 울면 많이 위로해줘라. 눈물을 위로 받으려고 우는 게 여자다.

여자들아! 남자가 울면 모른척해라. 우는 모습을 자존심 상하는 거라 착각하는 게 남자다.

9. 남자들아! 담배를 피지 마라. 그 연기에 질식해 죽는 건 여자다.

여자들아! 담배 피지 마라. 그 연기에 침 뱉고 싶은 게 남자다.

10. 남자들아! 여자에게 뭘 사주지 마라. 선물 받으면 헤어져도 아무 생각 없이 하고 다니는 게 여자다.

여자들아! 남자들에게 선물 받지 마라. 선물해주면 헤어져 놓고 속으로 아까워하는 게 남자다.

퀴즈

퀴즈 (ㄱ)

1. Head는 머리고 Line은 선이다. 그렇다면 Headline은 무엇인가? – 가르마

2. 천재와 바보가 결혼하면 어떤 아이를 낳을까? – 갓난아이

3. 젖소와 강아지가 싸우면 누가 이길까?

   – 강아지(너 졌소, 나 강하지)

4. 모유가 분유보다 좋은점은?

   – 깨질 염려가 없다, 상할 염려가 없다, 휴대하기 간편하다, 델 염려가 없다, 스페어가 하나 더 있다, 도둑맞을 염려가 없다, 흘릴 염려가 없다. 데울 필요가 없다.

5. 이혼의 근본적인 원인은? – 결혼

6. 마티즈 차와 아토즈 차의 성능시험을 위해 마티즈 차는 대관령에서 서울로 출발하고, 아토즈 차는 서울에서 대관령으로 출발하였다. 1시간 후 두 차는 어디에서 만날까? – 고속도로

7. 사군자란 무엇일까? – 공자, 맹자, 장자, 노자

8. 타이타닉의 구명보트에는 몇 명이 탈 수 있을까?

   – 9명(구명보트)

9. 여자들이 좋아하는 것으로 15~20cm 정도의 타원형이고 겉에는 털

이 있으며, 겉을 벗기면 뜨끈뜨끈하고 맛있는 것은? - 군고구마

10. 과부의 엉덩이를 궁뎅이라고 하는 이유는? - 궁하니까

11. 장님도 볼 수 있는 것은? - 꿈, 맛

12. 어느 여고에서 체육시간에 피구를 하다가 여학생 한 명이 죽었다.
왜 죽었을까? - 금을 밟아서

13. 화장실에 가면 소변과 대변중 어느 것이 먼저 나올까? - 급한 것이
먼저 나온다

14. 추울 때 발이 제일 시린 까닭은? - 기온이 아래로 내려가니까

1. 한강은 남한강과 북한강이 양수리에서 만나 서울을 지나 서해로 흘러간다. 그러면 낙동강은 어디로 흐를까? - 낮은 곳으로

2. 세상에서 가장 쉬운 것과 가장 어려운 것은?

   - 내가 아는 것, 내가 모르는 것

3. 머리를 감을 때 제일 먼저 감는 곳은? - 눈

4. 자기 전에 꼭 해야 할 일은? - 눈감는 일

5. 미국인 과학자가 우리나라의 고춧가루의 성분을 조사했더니 두 가지가 나왔다. 무엇일까? - 눈물과 콧물

6. 사과의 중앙을 자른 단면과 닮은 것은? - 다른 반대 쪽의 단면

7. 달걀장수가 자전거를 타고 가다 넘어졌는데 달걀이 하나도 깨지지 않았다. 왜 그랬을까? - 달걀이 없었다

8. 소가 들판에서 머리를 동쪽으로 향하고 풀을 뜯고 있다. 그렇다면 꼬리는 어느 쪽으로 향하고 있을까? - 땅

9. 할아버지, 장님, 소아마비 환자 3명이 버스를 탔다. 그런데 노약자석은 하나가 비어 있었다. 과연 누가 그 자리에 앉았을까? - 동작이 빠른 사람

1. 뉴코아 백화점이 무너지지 않는 이유는? – 리본으로 묶어놔서

2. 상자 안에 사과가 5개 있다. 5명에게 사과 하나씩을 나눠주었다. 그런데 상자 안에 사과가 하나 남아 있다. 왜 그럴까? – 마지막 사람은 상자 채로 주었다

3. 요리사, 군인, 경찰, 판사 중 누가 제일 큰 모자를 쓸까? – 머리가 제일 큰 사람

4. 정말 눈코 뜰 새 없이 바쁠 때는 언제? – 머리감을 때

5. 남보다 위대한 사람은 어떤 일을 잘 할까? – 먹는 일

6. 치고도 못 쳤다고 하는 것은? – 못박기

7. 우리나라에서 가장 오래된 산아제한 표어는? – 무자식이 상팔자

8. 오르면 오를수록 나쁜 것은? – 물가

9. 호프로는 맥주를 만들고 엿기름으로는 감주를 만든다. 그러면 돈으로는 무엇을 만들까? – 물주

10. 아프리카 미개척 국가에 신발시장을 개척하기 위해 미국과 한국에서 가장 유능한 신발 장수를 한 사람씩 파견했다. 그런데 이 두 사람은 본사에 전혀 정반대의 전보를 각각 쳤다. 그 전보내용은 어떻게 달랐을까? – 미국인 : 신발을 신지 않으므로 신발은 소용 없다. 한국인 : 현재 신발을 신지 않고 있으므로 신발시장은 무궁무진하다.

1. 박찬호는 영어로 이름을 쓸 때 PARK이라고 적는데 박세리는 왜 PAK으로 적을까? – 박세리는 알이 없으니까

2. 발벗고 나서야 할 수 있는 일은? – 발씻는 일

3. 아가씨의 엉덩이를 방뎅이라 하는 이유는? – 방어를 해야 하니까

4. 1,000원을 가지고 가게로 가서 600원짜리 라면을 샀는데 주인이 거스름돈을 주지 않았다. 왜 그랬을까? – 100원짜리 10개를 가지고 가서 600원만 주었으니까

5. 하늘에 별이 없으면 어떻게 될까? – 별 볼일 없다

6. 하늘에는 총이 두 개 있고, 땅에는 침이 두 개 있는 것은? – 별 총총, 어둠 침침

7. 개똥도 약에 쓰려면 어떻게 해야 할까? – 보건사회부의 허가를 받아야 한다

8. 서쪽에서 날아오는 참새와 남쪽에서 날아오는 참새가 부딪쳤을 때 일어나는 현상을 무엇이라고 하는가 – 보기 드문 현상

9. "가위바위( ), 가갸거겨( ), 123456789( ), 가나( )"괄호 안 답은?
   – 보고 싶다

10. 인삼은 6년근일 때 캐는 것이 좋다. 그렇다면 산삼은 언제 캐는 것이 가장 좋은가? – 보는 즉시

11. 늙은 남자가 여탕에 들어가면 무슨 죄인가? – 불량무기소지죄

12. 젊은 남자가 여탕에 들어가면 무슨 죄인가? – 불법무기소지죄

13. 아름다운은 영어로 Beautiful이다. 그러면 티 없이 아름다운 것은? – Beauiful

1. 사람의 가슴 무게는 얼마인가? – 4근(두근 두근)

2. 고양이 4마리가 4분 동안에 쥐 4마리를 잡는다면, 10분 동안에 쥐 10마리를 잡으려고 할 때는 고양이 몇 마리가 필요할까? – 4 마리

3. 지금 인도의 시간은 몇 시일까? – 4시(인도네시아)

4. 노처녀가 사촌이 땅 산 것보다 더 배가 아플 때는?

– 사촌이 시집갔을 때

5. 애국가에 나오는 산은 모두 몇 개인가? – 3개(백두산, 남산, 화려 강산)

6. 생일선물을 받자마자 발로 차버렸다. 왜? – 선물이 공이였으니까

7. 커피를 마실 때 미국 사람은 삼각형을 그리며 젓고, 일본사람은 아래 위로 젓고, 우리나라 사람은 원을 그리며 젓는다. 그 이유는?

– 설탕과 프림을 녹이려고

8. 성냥갑에 성냥이 딱 한 개만 들어 있다. 이 성냥으로 난방용 숯, 연탄, 장작, 휘발유, 프로판 가스 등 다섯 가지에 모두 불을 붙여야 한다. 매 먼저 어디에 불을 붙여야 모두 붙일 수 있을까? – 성냥

9. "송아지 엄마=A, 머리 짧은 스님=B, 남C+북C=C국, 나+D=우리" 여기에서 ABCD는 무엇인가? – 소중한 너

10. 고속도로를 제한속도 초과하여 신나게 달리던 트럭운전사가 멀리

서 달려오는 경찰 차를 보고 당황하여 무언가를 떨어뜨리고 말았다. 무엇을 떨어뜨렸을까? - 속도

11. 슈퍼맨의 가슴에 있는 S자는 무엇의 약차인가? - 스판

12. 서울에서 부산까지 시속 80km로 달리는 승용차와 150km로 달리는 스포츠카 중 어느 것이 먼저 도착할까?

   - 승용차(스포츠카는 속도위반으로 경찰에 붙잡히니까)

13. 쓰레기통을 거꾸로 하면 어떻게 될까? - 쓰레기가 쏟아진다

14. 요즘 아파트 이름은 타워 펠리스, 미켈란 쉐르빌, 아카데미 스위트, 현대 하이페리온, 월드 메르디앙 등과 같이 영어까지 넣어서 길다. 이러한 이유는? - 시어머니가 찾아오지 못하게

15. 의사들이 수술할 때 마스크를 쓰는 이유는?

   - 실패하면 환자가 얼굴을 기억하지 못하게

1. "사랑이란 ( )끼고 ( )하는 것"괄호 안 답은? - (아)끼고 (위)하는 것

2. 나폴레옹 장군이 "앞으로!~"하고 큰소리로 외쳤으나 군사들은 꼼짝도 하지 않았다. 이유는? - 앞으로는 한국말이다

3. 김과 김밥이 길을 걷는데 비가 오고 있었다. 김밥은 비에 풀어질까 봐 열심히 뛰어왔지만 김은 느긋하게 걸어오고 있었다. 그 이유는? - 양반 김이라서

4. 생전에 바람둥이였던 아버지의 묘소를 자식들이 벌초를 하려고 하는 데 무덤 속에서 아버지가 하는 말은? 얘야! 이왕이면 여자 면도사를 불러다오

5. 흑인과 백인이 결혼해서 낳은 아기의 이빨 색은? - 없다(신생아니까)

6. 아줌마의 엉덩이를 엉덩이라 하는 이유는? - 엉엉 받아 주니까

7. 식인종이 밥투정할 때 하는 말은? - 에이, 살맛 안 나

8. A젖소와 B젖소가 싸움을 했는데 싸움에서 B젖소가 이겼다. 왜 그랬을까? - A젖소 : 에이 졌소. B젖소 : 삐 졌소?

9. F15보다 성능은 약하지만 날아다니는 파리까지 쏘아 떨어뜨릴 수 있을 정도로 정확성을 자랑하는 우리나라의 무기는 과연 무엇일까? - F킬라

10. 대머리 남자가 되는 이유는? - 여자 꼬시려고 잔머리를 많이 굴려서

11. 전화번호부에 나온 숫자들을 모두 곱하면 얼마일까? - 0

12. 이 세상사람들의 머리카락 수를 모두 곱하면 얼마일까? - 0(대머리도
    있으니까)

13. 더러워서 내야하는 돈은? - 오물 수거비

14. 한심한 심판보다 다섯 배 더 한심한 심판은? - 오심한 심판

15. 짱구와 오징어의 차이는? - 오징어는 말릴 수 있지만 짱구는 못 말린다

16. 이 치과에는 어떤 사람이 찾아갈까? - 옳고 그른 것을 따지기 좋아하는 사람

17. 도둑이 도망가다 세 갈래 길을 만났다. 그는 어느 길로 도망갔을
    까? - 왼쪽 길(도둑은 바른길로 가지 않으므로)

18. 달리기를 하는데 2등을 제치면 몇 등일까? - 2등

19. 만약 나폴레옹 장군이 지금까지 살아 있다면 세계는 어떻게 달라
    졌을까? - 인구가 한 사람 늘고 그가 제일 나이가 많을 것이다.

20. 오락실을 지키는 수호신 용 두 마리는? - 일인용과 이인용

1. 어떤 사람이 버스를 탔다. 그는 버스 안에 있는 모든 사람들의 눈이 몇 개인지 세어보기 시작했다. 그랬더니 모두 13개였다. 사람의 눈은 2개씩인데 왜 13개로 홀수가 나왔을까? - 잘못 세었기 때문이다.

2. 정원이 100명인 배에 99명이 타고 임신한 여자가 1명 탔다. 그런데 배가 가라앉아 버렸다. 그 이유는? - 잠수함이라서

3. 장님 두 사람이 길에서 맞부딪쳤다. 화가 난 두 사람은 서로 한 마디씩 주고받았다. 뭐라고 말했을까?

- 장님 1 : 당신 눈이 있소, 없소? 장님 2 : 보면 몰라?

4. 스님이 오토바이를 타고 가는데 갈림길이 나왔다. 스님은 어디로 갔을까? - 절로 갔다

5. 인공위성이 지구를 뱅뱅 도는 이유는?

- 정류장이 없어서

6. 사공이 아주 많으면 배는 어디로 가는가? - 정원초과로 가라앉는다

7. 콘돔에 구멍이 없는 진짜 이유는?

성자를 숨막히게 해야 죽으니까

8. 어느 남자가 25도 짜리 소주 4병, 6도 짜리 맥주 10병, 45도 짜리 고량주 3병을 모두 마셨다. 이 남자가 마신 술은 모두 몇 도일까?

- 졸도

9. 검게 탄 붕어빵, 서부총잡이의 죽음, 처녀의 임신 등 이 세 가지의 공통점은? - 좀 더 일찍 뺐어야 하는데 너무 늦게 뺐다

10. 죽었다 깨어나도 못하는 일은? - 죽었다 깨어나는 일

11. 발바닥 한 가운데가 움푹 패인 이유는? - 지구가 둥글기 때문에

12. 가짜휘발유를 만들 때 가장 많이 들어가는 재료는 무엇인가?

      - 진짜휘발유

13. 두부장수는 누구를 위하여 종을 울리나? - 처와 자식

14. 서울시민 모두가 동시에 고함지르면 무슨 말이 될까? - 천만의 말씀

15. 한밤중에 정전이 되어도 TV를 볼 수 있는 방법은?

      - 촛불이나 성냥을 켠다

1. 호랑이는 영어로 Tiger다. 그러면 이가 빠진 호랑이는? - Tigr

2. 나폴레옹 장군은 왜 알프스산맥을 넘었을까? - 터널이 없었으니까

3. 지하철 전동차 한 대가 출발했다. 처음에 열차 안에는 손님이 한
   명도 없었다. 처음 역에서 5명이 탔다. 다음 역에서 1명이 타고 2
   명이 내렸다. 다음 역에서 2명이 내리고 3명이 탔다. 다음 역에서
   3명이 타고 1명이 내렸다. 다음 역에서 5명이 타고 1명이 내렸다.
   다음 역에서 아무도 안 타고 3명이 내렸다. 다음 역에서 2명이 내
   리고 10명이 탔다. 다음 역에서 2명이 타고 7명이 내렸다. 마지막
   으로 아무도 안 내리고 4명이 탔다. 그럼 지금까지 거쳐 온 정거장
   수는? - 8개

4. 하늘에는 별이 몇 개나 있을까?

   - 840개(동서남북에 빽빽이 있고, 머리 위에 스물스물)

5. 고양이 네 마리가 합쳐져서 몬스터, 즉 괴물이 됐다. 이 괴물의 이
   름은 무엇인가? - 포켓 몬스터

6. TV의 "숨어 있던 1인치를 찾아 드립니다."는 무슨 광고인가?

   포경수술 광고

7. 콧구멍이 두 개인 이유는? - 하나면 후비다가 숨막혀 죽을까봐

8. 아침에 일어나서 왜 하품을 한 뒤 우유를 마실까?

   - 하품을 하면서는 못 마시니까

9. 귓구멍이 두 개인 이유는? - 한 귀로 듣고 한 귀로 흘리라고

10. 가위로 3대째 내려오는 가문의 내력은?

11. 고양이 가면을 쓰고 놀 때는 "야옹!"하고 소리를 내고, 강아지 가면을 쓰고 놀 때는 "멍멍!"하고 소리를 낸다. 그렇다면 오징어 가면을 쓸 때는 무슨 소리를 내고 놀까? – 함 사세요!

12. 왼쪽에 서면 좌익, 오른쪽에 서면 우익, 앞에 서면 선동세력, 뒤에 서면 배후세력, 그러면 중간에 서면 무슨 세력인가? – 핵심세력

13. 헌법을 아무리 뜯어 고쳐도 새 법이 안 되는 이유는?

– 이름이 헌법이니까

14. 영웅호걸이 여자를 좋아하는 이유는? – 호걸 (好 Girl)이기 때문에

15. 장화의 남동생의 이름은 장돌이다. 그럼 여동생의 이름은? – 홍련

엽기녀의 답안

[문제 1] 최근 인터넷에서 사용되는 언어가 사회에 미치는 영향을 적
으시오. - 증말 열라 짱나는 일이 아닐 수 업당.

[문제 2] 수필이란? - 물속에서 사용하는 연필

[문제 3] 고전문학과 현대문학의 차이점을 적으시오. - 시조와 시 차이

[문제 4] 연체동물을 적으시오.

연체 좀 시켰다고 동물이라고 하다니 그건 좀 심하다.

[문제 5] 돌고래와 상어의 차이점은? - 돌고래 쇼는 있어도 상어 쇼는 없다.

[문제 6] 열대야 현상이 일어나는 이
유를 설명하시오.

아직도 에어컨이 없는 집이 많아서

[문제 7] 다이어트를 위해 유산소운
동을 권장하는 이유는?

선생님은 산소 없이 살 수 이떠여?

[문제 8] 다음 사자성어를 해석하시
오. 다정다감, 삼종지도, 호사다마

응큼한 놈, 세 가지 각종지도, 호화로운 당구

컴퓨터 Q & A

Q : 컴퓨터를 하나 구입하려고 합니다. 그런데 요즘은 잠자고 일어나
　　보면 더 좋은 컴퓨터가 더 싼 가격에 나오는 시대가 되어 막상
　　사려니 망설여지네요. 도대체 언제 컴퓨터를 사는 게 가장 싸게
　　사는 걸까요?

A : 당신이 무덤에 들어가기 직전, 그 때 사는 것이 가장 쌀 것입니다.

Q : 학교 레포트인데 좀 도와주세요. 왜 IBM 컴퓨터가 맥킨토시 컴
　　퓨터보다 보급이 더 많이 되었을까요? 그리고 개인적인 질문인
　　데 왜 IBM 컴퓨터가 가격이 더 싸나요?

A : 글쎄요. 이 더위에 맥이 맥을 못 추니까 그런 것 아닐까요? 그리고 IBM
　　이 가격이 싼 이유는 컴퓨터부품 값이 더 싸기 때문입니다. 하지만 "이미
　　(I) 버린 (B) 몸 (M)"이라서 더 싸다는 일설도…….

Q : 제 컴퓨터는 절전컴퓨터가 아닙니다. 전기를 절약하고 싶은데 어
　　떻게 할까요?

A : 컴퓨터를 안 쓰면 됩니다. 꼭 쓰고 싶은 때는 친구 집으로 들고 가세요.

Q : 컴맹입니다. 3.5인치 디스켓하고 5.25인치 디스켓하고 구별방법
　　좀 알려주세요.

A : 큰 것이 5.25인치 작은 것이 3.5인치입니다.

Q : 큰 것이 어떤 것이고 작은 것이 어떤 것인데요?

A : 큰 것이 5.25인치이고 작은 것이 3.5인치라니까요.

Q : 큰 것이 5.25인치이고 작은 것이 3.5인치인 것은 알겠는데 어떤

것이 큰 거고 어떤 것이 작은 거냐니까요?

A : 임마, 큰 것이 큰 거고 작은 게 작은 거지!

Q : 어이구 미치겠네. 큰 것이 어떤 것이고 작은 것이 어떤 건데요?

A : 임마! 너 누구야?

Q : 내가 누군지 안 가르쳐줄 거예요. 큰 것이 어떤 거고 작은 것이
어떤 건지 알려주기 전까지는…….

Q : 듣기로는 통신하는 다른 사람들이 온라인 상에서 여러 사람들이
모여 이야기를 한다면서요? 어떻게 하는 건가요?

A : 통신의 초기메뉴에서 GO CHAT하면 이야기 방이 나옵니다. 거기서 이
야기하세요.

Q : 그런데 무슨 이야기를 하죠?

A : 아무 이야기나 하세요.

Q : 참 별일이네. 아무 이야기나 하라니……. 그냥 아무 이야기나요?
그냥?

Q : 세 살 버릇 여든까지 간다고, 저는 어렸을 때부터 두 손가락으로
만 키보드를 배워서 아직도 두 손가락으로만 칩니다. 그렇게 해
가지고는 도저히 키보드 타자실력이 나아지질 않는다는데 고칠
수 있는 방법이 없나요?

A : 있습니다. 여든 살이 지나면 됩니다.

Q : 저는 중학생인데요. 게임을 하고 싶은데 부모님이 못하게 합니
다. 들키지 않고 하는 방법이 있으면 알려주세요.

A : 불 꺼놓고 이불 속에서 하십시오.

Q : 아들녀석이 컴퓨터통신을 하느라 전화요금이 억수로 나옵니다. 386을 쓰자니 586이 좋은 것 같고, 결정을 못 내리고 있습니다. 어떡하죠?

A : 계속 망설이십시오.

Q : 직원들이 컴퓨터를 켜놓고 맨 테트리스만 합니다. 회사에서 게임을 못하게 하는 방법이 없나요?

A : 집에서 쉬게 하십시오. 그리고 테트리스 인기가 떨어질 때쯤 다시 회사 문을 여세요.

Q : 제게 좋은 생각이 있습니다. 컴퓨터가 노래방이 되니까 저희 회사에 설치하여 한 곡당 5백 원씩 받고 사업을 할까 합니다. 그런데 일일이 동전을 받고 거슬러주기가 불편하고 창피합니다. 이걸 컴퓨터가 스스로 돈을 받고 거슬러줄 수 있도록 어떻게 안될까요?

A : 안됩니다. 첫째는 컴퓨터는 돈에 대해 모릅니다. 돈의 가치를 모른다는 말입니다. 둘째는 만일 컴퓨터가 돈맛을 알게 되면 당신은 녀석의 삥땅 때문에 골치를 앓게 될 것입니다. 그러니 컴퓨터에게 돈 맡길 생각 말고 일찌감치 포기하십시오.

Q : 조이스틱이 부러졌습니다. 본드로 붙였는데 또 부러졌습니다. 이번엔 순간접착제로 붙였는데 또 부러졌습니다. 도대체 어떻게 해

야 안 부러질까요?

A : 용접을 권해드립니다. 다음부터 힘들이지 마세요.

Q : 지금 560메가를 쓰고 있는데 하드용량을 늘리고 싶습니다. 듣기로는 도스의 더블 스페이스 기능을 쓰면 늘어난다는데 좀 불안합니다. 혹시 돈 안들이고 늘리는 방법이 있으면 알려주세요?

A : 먼저 강호동 씨에게 전화를 하십시오. 그리고 컴퓨터에서 하드를 뺀 뒤 강호동 씨하고 하드를 잡고 둘이 힘껏 잡아당기면 좀 늘어 날 겁니다. 돈 안 들이고 늘리는 유일한 방법입니다.

Q : 캐드를 하고 있는데 모니터 크기가 작아 답답합니다. 좀 크게 보는 방법이 없습니까?

A : 있습니다. 큰 걸로 바꾸시면 됩니다. 21인치가 보기에 좋습니다. 쓰다 남는 모니터는 저를 주시는 게…….

Q : 윈도우 XP를 쓰는데요. 한 10분쯤 하면 자꾸 튕겨요. 싱글이나 배틀넷 해도 같은 현상이에요. 어떻게 해야하죠? XP 때문인가요?

A : 9분만 하세요.

Q : 스타를 하니까 자꾸 55초쯤에 끊기네요. 아, 짜증나.

A : XP 까세요. 그럼 9분은 합니다.

Q : 헉, 저희 집도 윈도우 2000인데요. 9분밖에 안돼요.

A : 도스에서 해라.

Q : 도스에는 스타가 없어요.

A : M을 깔아야지, 임마.

Q : 컴퓨터 그래픽 디자이너가 꿈인 고등학생입니다. 3차원 애니메이션 프로그램인 3D-스튜디오를 쓰려면 수치연산기인 코프로세서가 있어야 한다던데 왜 그렇지요?

A : 애니메이션 그래픽은 많은 계산을 해야하기 때문에 계산전용 프로세서가 있어야 하는 겁니다.

Q : 하지만 저는 코프로세서를 구입할 수도 없는 학생입니다. 제가 암산이 좀 되는데 그 계산 제가 하면 안됩니까?

A : 젊은 사람이 안됐군요.

Q : 왜 애국자 카페는 없을까요? 카페 검색을 하다보면 친일이나 친미 카페는 많던데 왜 친한이나 애국자 카페는 없는 걸까요?

A : 애국자 카페를 만들면 전 국민이 접속하기 때문입니다. 그러면 서버가 다운되겠죠.

Q : 제 목 : adfasaaaaaaaaaaaaa

　　　　qqqqqqqqqqqqd

　　　　dho

　dho

A : 키보드 청소하시나봐요?

사랑Q & A

Q : 제가 여자애한테 순수한 마음으로 "침대
에서 레슬링 한판 할까?" 이랬더니
갑자기 욕하면서 때리더군요. 왜
그렇죠? 저는 정말 레슬링을 하
고 싶었을 뿐이고 아무 잘못한
것이 없는데…….

A : 체급이 다른가 보지.

Q : 전 왜 남자가 안 생길까요?

A : 011-123-4567

Q : 사랑보다 우정인가요, 우정보다 사랑인가요? 저는 얼굴 때문에
결혼을 포기한 인생! 역시나 사랑보다는 우정이 중요한데, 혹은
아직까지는 사랑보다는 우정이 중요한데 어찌된 것이 친구들은
백문백답에까지 우정보다 사랑이라고 적었을까요? 아저씨, 아줌
마들은 뭐가 중요한지 리플 좀 달아 주세요.

A : 사랑은 돌아올 수 있지만 우정은 다신 돌아올 수 없다고 말하고 싶다.

Q : 저는 명문여대에 다니고 있는 23세의 여성입니다. 올해 졸업을
앞두고 있는데 결혼이 걱정입니다. 저는 머리도 좋고 지적인 여
성이라고 자부하지만 남자들은 저를 별로 좋아하지 않아요. 남녀
가 결혼해서 아이를 낳으면 아기가 머리는 엄마를 닮고 얼굴은
아빠를 닮는다는데 왜 그걸 모르는 걸까요. 전문대에 다니는 제

친구는 머리는 깡통인데 얼굴 좀 예쁘다고 남자들한테 인기 만점입니다. 우리나라 남자들은 언제쯤 진정한 여성관을 갖게 될까요. 선생님의 현명한 견해를 듣고 싶어요.

A : 많은 남성들이 외모만으로 여성을 평가하는 잘못된 습관을 가지고 있는 것은 사실입니다. 당신은 최고의 신부 감이니 자신감을 갖고 살아가십시오. 그건 그렇고 친구 분 전화번호 좀 알려주세요.

Q : 저는 서울에서 조그마한 카페 2개를 운영하고 있는 29세의 남성입니다. 얼마 전에 10살 연하의 여자 애를 만나 사랑하게 되었습니다. 그런데 그녀가 저를 좋아하는 건지, 저의 재력을 좋아하는 건지 알 수가 없네요. 어떻게 하면 그녀의 진심을 알 수 있을까요?

A : 카페를 저한테 넘기십시오. 그래도 그녀가 좋다고 하면 당신을 좋아하는 것입니다. 자, 어서 계약합시다.

Q : 저는 22세의 대학생입니다. 제 자랑 같지만 저는 얼굴도 예쁘고 몸매도 잘빠져서 인기가 많습니다. 그래서 킹카 이외에는 상대를 하지 않습니다. 그런데 같은 동네에 사는 한 멍청하게 생긴 남학생이 저에게 루즈를 선물해주고 도망갔습니다. 그 분수를 모르는 바보에게 루즈를 돌려주고 싶습니다. 어떤 방법이 좋을까요?

A : 만날 때마다 입술에 발라서 조금씩 돌려주세요.

Q : 23세의 고민남입니다. 그녀를 정말 이대로 보내기가 싫습니다. 마음이 너무 아파요. 전 이제 어떻게 살아야 할까요? 이 고통의 날들을 어떻게 보내야 할까요? 삶의 의미가 사라져 버렸습니다. 아

마 전 미쳐가고 있나봐요. 내 모든 것인 그녀……. 보내기 싫습니
다. '보'낼 수 없습니다. 이대로 '보'낸다면 저는 자살할지도 모
릅니다. 어쩌면 좋죠?

A : 가위나 바위를 내세요.

Q : 저는 5년 동안 사귀던 여자와 헤어졌습니다. 전화를 해도 받지
않고, 집 앞까지 찾아가도 만나주지를 않습니다. 그래서 매일매
일 편지를 쓰기 시작했습니다. 오늘로 편지를 쓴지 200일이 되는
날입니다. 그녀에게는 아무런 연락이 없군요. 정말 끝난 걸까요?

A : 집배원과 눈이 맞았을 확률이 높습니다.

Q : 여자친구와 제 인생에 처음으로 100일을 맞이하게 되었습니다.
이렇게 오래 만남을 가져본 적도 없어서 너무 기뻐요. 지금 여자
친구가 너무 좋아서 무언가를 해주고 싶네요. 그동안 여자친구에
게 화만 내고 힘들게만 해서 너무 미안해요. 100일 날에 그동안
참고 저를 믿어준 여자친구에게 보답할 만한 무언가가 없을까
요?

A : 새 남자친구를 선물하세요.

공부상담 Q&A

Q : 저는 17세의 소녀입니다. 사춘기를 맞았는지 요즘 들어 여러 가지 생각에 사로잡히곤 합니다. 그 중에서 가장 큰 고민은 자꾸 "나란 무엇인가?"하는 질문에 사로잡힌다는 점입니다. 그 생각 때문에 공부도 안됩니다. 도대체 나는 무엇일까요?

A : '인칭대명사' 입니다.

Q : 저는 이제 막 중학교에 입학한 학생입니다. 영어 숙제가 산더미 같은데 모르는 것이 너무 많습니다. 단어를 찾아오는 숙제인데 '작은 배' 라는 단어는 사전에 안 나와 있습니다. 배가 ship인 것은 알겠는데 작은 배는 도무지 알 수가 없습니다. 가르쳐주세요.

A : 'ship 새끼' 라고 쓰세요.

Q : 얼마 전에 '작은 배' 의 영어 단어를 질문했던 중학생입니다. 선생님께서 대답해주신 답을 들고 갔다가 죽도록 맞았습니다. 게다가 긴 영작 숙제까지 벌로 받았습니다. 영작 숙제를 그럭저럭 다 했는데 '삶은 계란' 을 영어로 뭐라고 하는지 도무지 모르겠습니다. 지난번과는 달리 성실한 답변을 부탁드립니다.

A : Life is egg 입니다.

Q : 저는 이번에 4수에 실패한 인생 낙오자입니다. 잘하려고 해

도 자신이 없고 그저 죽고 싶은 생각뿐입니다. 집에서도 저를 포
기한 것 같습니다. 주위의 시선은 너무나 따갑고 냉정하기만 합니
다. 누구에게 위로를 받고 싶은데 아무도 저를 위로하려 하지 않
습니다. 따뜻한 말이 필요합니다. 도와주십시오.

A : 죽은 말 말고 산 말은 모두 따뜻합니다. 안장 없이 타시되 알몸으로 타시
면 그 느낌이 더 강하겠지요.

Q : 저는 문학파인데 야설도 독서로 쳐주나요?

A : 탁탁탁은 스포츠게? 야동은 영화감상이냐? 창녀는 프로게이머냐? 그럼
콘돔은 유니폼이겠네.

Q : 정말 심심해서 그러는데요. 읽을 만한 소설 책 좀 추천해주세요.
저는 미스터리 한 소설을 좋아하거든요?

A : 난 수학 정석이 제일 미스터리 했어.

Q : 26. 26. 18. 24. 18. 7. 29. 69. 4. 18. 이 숫자를 해독해봐라. 해독하
면 CIA에서 스카우트할 것이며, 천재라는 것 인정해 줄게.

A : 니 기말고사 성적표 맞지? 요놈아!

기타 Q & A

Q : 아기가 태어나면 의사가 아기 엉덩이를 왜 때리는지 아세요?

A : 생일 빵

Q : 우리나라 돈에는 왜 여자가 없죠?

A : 오백 원짜리 동전의 학이 암컷이오.

Q : 지폐나 동전의 할아버지 얼굴들 중에는 왜 웃는 얼굴이 없나요?

A : 남한테 팔려 가는 마당에 뭐가 좋다고 웃겠냐?

Q : 우리나라의 부자는 얼마를 가지고 있어야 부자인가요? 10억? 100
억? 1,000억?

A : 29만원

Q : 친구가 돈 빌려 달래요. 줄까요, 말까요?

A : 좋아, 그런 식으로 약올려.

Q : 손톱에는 톱이 없는데 왜 손톱이라고 하죠?

A : 그럼, 꼬추에는 추 달렸겠다.

Q : 전 세계인구 60억이 뛴다면?

A : 난 안 뛸 건데.

Q : 손오공이 원숭이 마을에 갔는데 원숭이들이 낯설지 않게 대해준
까닭은?

A : 손오공도 원숭이니까.

Q : 태권 V와 주인공 철이는 정말 일심동체였나요?

A : 보시면 둘 다 남자입니다. 부부가 아니죠.

Q : 마징가 Z랑 태권 V랑 싸우면 누가 이기나요?

A : 둘이 같이 안 나옵니다. 알잖아요?

Q : 둘리가 어떤 종류의 공룡이었는지 알 수 있을까요?

A : 아기공룡입니다.

Q : 독수리 오 형제의 헬멧이 하나 갖고 싶은데 살 수 있는 방법 없
을까요?

A : 충무로에서 헬멧을 하나 사신 후 부리만 그려 넣으세요.

Q : 로봇을 제조한 사람들은 왜 모두 박사님이죠?

A : "강 부장님, 출격 가능한가요?", "최 사장님, 지구가 위험합니다" 듣기 좋
나요?

Q : 초딩, 유딩, 직딩, 고딩들 이런 말 참 많이 들리는데요. 도대체 이
런 말들이 어디에서 나왔죠? 궁금해요.

A : 입에서.

Q : vs는 무엇의 약자입니까?

A : 붙자 십새의 약자입니다.

Q : h.o.t 약자가 뭐죠?

A : 핫도그, 오뎅, 떡볶이

Q : 사과를 숟가락으로 파면 어떻게 되나요?

A : 파인 애플이지.

Q : 서울우유는 있으면서 광주 인천 등 다른 지역 우유는 왜 없나요?

A : 젖소들의 이촌향도 현상 때문입니다.

Q : "아빠 울어요? 아빠 울어요?", "아니, 안 울어", "에이! 울면서",

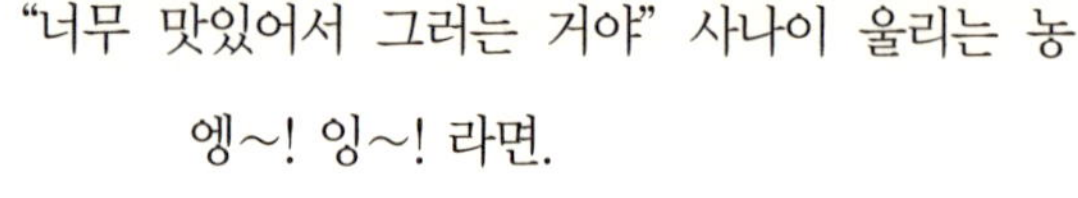

"너무 맛있어서 그러는 거야" 사나이 울리는 농

엥~! 잉~! 라면.

> A : 사랑하는 자식을 고기는 못 먹이고 라면만 먹이는 아버지가 슬퍼서 그런 겁니다.

> Q : 오늘 13만 원짜리 와인 마셨다. 겁나게 맛있더라. 부럽냐?

A : 후! 참이슬 한 잔에 담긴 인생의 가치는 만금보다 더하단다.

Q : 어째서 쥐포에는 쥐가 없고, 양파링에는 양파가 없고, 칼국수에는 칼이 없고, 자갈치에는 갈치가 없고, 짱구 속에는 짱구가 없고, 수제비에는 제비가 없고, 붕어빵에는 붕어가 안 들어 있으며, 사또밥에는 사또와 밥이 없고, 고래 밥에는 고래와 밥이 없고, 인디언밥에는 인디언과 밥이 안 들어 있으며, 계란빵에는 계란이 있고, 옥수수 빵에는 옥수수가 들어 있고, 술 빵에는 술이 첨가되어 있으며, 오징어땅콩에는 땅콩만 들어 있는 이유가 무엇인가요?

A : 엄마손 파이에는 뭐가 있길 바라냐?

Q : 버스 안에서 모르는 사람에게 방귀를 먹이면 어떻게 될까요? 손으로 모아서…….

A : 씨O, 오늘 아침에 걔가 너였냐?

Q : 좀 전에 교통사고 나서 천국에 왔어요. 여기 너무너무 좋네요. 여러분들도 인간세상에서 고생하지 마시고 얼른 천국으로 오세요.

A : 쓰O, 간호사! 605호 환자 또 피시방 갔어!

Q : 군대 가기 딱 한 달 전인데 후회 없이 보내려면 뭘 해야 할까요?

A : 군대 3일 남은 내가 말하는데 뭘 해도 후회한다.

Q : 할머니가 아프세요. 계속 배가 아프시고 구토를 하세요. 다음 주
　　에 제주도 여행을 가야 하는데 좋은 방법 좀 알려 주세요. 이런
　　글에 장난성 있는 답변 붙여주지 마시고요.

A : 우선 너부터 컴퓨터 꺼.

Q : 심각한 고민이 있어요. 저는 진짜 상체는 좋지만 하체가 너무 부
　　실해요. 하체에 지방이 껴서 고민입니다. 어떻게 하죠?

A : 팔로 걸어다녀.

Q : 설날에 저희 아버지에게 세배하고선 손을 내미니까 1,000원을 줍
　　다. 제 동생은 650원. 정말 싹싹 털어놓은 돈이나 봐요. 진짜
　　가슴이 아픕니다. 5년 전에 회사에서 나와 뭘 하신다고 매일 외
　　국인이랑 전화만 붙들고 있습니다. 그동안 한푼도 못 버시고 저
　　희 어머니는 밤에도 일거리를 찾아다니십니다. 그래서 저와 동생
　　은 얼마 안되지만 둘이 이번에 받은 세뱃돈을 모아 선물을 드리
　　려고요. 그런데 그냥 돈으로 드리는 것이 나을까요? 아니면 옷이
　　라두 한 벌 사드리는 것이 좋을까요?

A : 세뱃돈이 1,650원이면 편지지 두 장 사 가지고 마음을 담아 부모님께
　　편지를 써드리세요. 값으로 따질 수 없는 귀한 새해선물이 될 겁니다.

Q : 나 세뱃돈 9억 원 받았어요. 우리 삼촌이 베컴이고, 엄마가 조앤
　　K 롤링(해리포터 작가)이고요. 제 여동생이 미셸위(한국명 : 위성미)
　　예요. 그리고 제 아빠가 빌게이츠거든요.

A : 알았어. 그러니까 우리 병원으로 와. 책임지고 치료해 줄께.

Q : 세뱃돈을 받았습니다. 나는 귀족이라 20만 원을 받았습니다. 너희
들 같은 천민에게 주기 위해 구세군에 기부해야할까요? 아니면
이걸로 무엇을 할까요?

A : 국민은행 222-33-4444-555 예금주 : 김○○

웃기는 약어

☆ 개성 : 개 같은 성질

☆ 걸작 : 걸레 같은 작품

☆ 결혼 : 결국은 혼자 사는 것

☆ 공주 : 공부는 못하면서 주둥이만 놀리는 사람, 공포의 주둥아리 소유자

☆ 귀빈 : 귀찮은 빈대

☆ 떡국 : 떡으로 만든 국

☆ 로또 : 로또 복권을 큰마음 먹고 백만 원어치 샀다. 또 다 꽝이다

☆ 모기 : 모기에게 물렸다. 기분이 안 좋다

☆ 미남 : 미련한 남자, 쌀집 남자

☆ 미녀 : 미련한 여자

☆ 바보 : 바라볼수록 보고 싶은 사람

☆ 비호 : 비행기에서 떨어진 호박

☆ 소녀 : 소름 끼치는 여자

☆ 스타 : 스스로 타락한 자

☆ 신동 : 신기한 동물

☆ 신사 : 신이 포기한 사기꾼

☆ 영물 : 영원한 물주

☆ 영빈 : 영원한 빈대

☆ 오물 : 오늘의 물주

☆ 의사 : 의리의 사나이

☆ 이혼 : 이제는 자유로운 혼자

☆ 진동 : 진기한 동물

☆ 천사 : 천년 묵은 독사

☆ 천재 : 천하의 재수 없는 사람

☆ 추남 : 가을 남자

☆ 추녀 : 가을 여자

☆ 형사 : 형편없는 사기꾼

☆ 호걸 : 호떡집 걸레

☆ 호빵 : 호빵은 빵이다

☆ E.T : 이쁘지도 않은 것이 튕긴다 / 이번 학기 탈락 / 영어 선생(English Teacher)

☆ P.R : 피할 건 피하고 알릴 건 알리는 것

☆ 강아지 : 강의 시간마다 아슬아슬하게 지각을 면하는 학생

☆ 개○끼 : 개성과 세련미와 끼가 있는 남자

☆ 개지랄 : 개성 있고 지적이고 발랄한 사람

☆ 경로석 : 경우에 따라 노인이 앉을 수 있는 자리

☆ 고바우 : 고스톱 하다가 바가지 쓰고 우는 녀석

☆ 고인돌 : 고릴라가 인간을 돌멩이 취급하던 시대

☆ 귀공자 : 귀중한 공부시간에 자는 놈

☆ 그사건 : 그 놈은 사람들이 다 싫어하는 건달이다

☆ 기사도 : 기차게 사기 치고 도망가는 사람

☆ 기형아 : 기특하고 영리한 아이

☆ 나이키 : 나 이쁘면 키스해 줘!

☆ 노약석 : 노련하고 약삭빠른 자가 앉는 자리

☆ 떡볶이 : 떡볶이는 볶아서 먹는다. 이젠 알겠니?

☆ 데이트 : 데이트라는 것은 이리저리 데리고 다니면서 트집잡아 늦게 집
에 보내주는 것

☆ 돌격대 : 돌도 격파할 수 있는 대가리

☆ 라이벌 : 라면을 먹은 후 이빨을 쑤셔서 잇몸사이
를 벌려놓는 한심한 남자

☆ 마돈나 : 마셨으면 돈 내고 나가, 마지막으로
돈 내고 나오는 사람

☆ 모범생 : 모든 것이 평범한 학생

☆ 미지왕 : 미친놈 지가 왕자인줄 알아

☆ 선구자 : 선천성 구제불능 자기 도취자

☆ 쎄시봉 : 섹시한 봉우리

☆ 송골매 : 송장도 골 때리는 메주

☆ 영세민 : 영리하고 세련된 민주시민

☆ 우등생 : 우주에서 떨어진 등신 같은 생물, 빡빡 우겨서 등수 올린 학생

☆ 위인전 : 위대한 인물은 전대요

☆ 유부남 : 아버지가 있는 남자, 유사시 부를 수 있는 남자, 유난히 부담
없는 남자

☆ 장희빈 : 장안에서 희귀한 빈대

☆ 저능아 : 저력 있고 능력 있는 아이

☆ 지성인 : 지랄 같은 성미를 가진 인간

☆ 쾌남형 : 쾌쾌 묵은 남자

☆ 특공대 : 특별히 공부도 못하면서 대가리만 큰 녀석

☆ 호남형 : 호떡 같이 생긴 남자

☆ AIDS : 아이고 이제 다 살았다

☆ 돈키호테 : 돈 많고 키 크고 호감 가고(호리호리하고) 테크닉 죽이는 남자

☆ 엉뚱하다 : 엉덩이가 뚱뚱하다

☆ 엉성하다 : 엉덩이가 풍성하다

☆ 엉큼하다 : 엉덩이가 큼직하다

☆ 부가가치세 : 부자와 가난뱅이가 같이 내는 세금

☆ 성실한 사람 : 성깔 있고 실수 많은 사람

☆ 허무한 여자 : 허리가 없는 여자

거꾸로 읽어도 같은 글

☆ 기러기, 토마토, 내 아내

☆ 다들 잠들다

☆ 통술집 술통

☆ 아 좋다 좋아

☆ 바로 크는 크로바

☆ 다시 합창합시다

☆ 소주 만 병만 주소

☆ 색갈은 짙은 갈색

☆ 다 이뿐이뿐이다

☆ 여보 안경 안 보여

☆ 짐 사이에 이사짐

☆ 다 같은 것은 같다

☆ 자 빨리 빨리 빨자

☆ 홀아비 집 옆집 비아홀

☆ 소 있고 지게 지고 있소

☆ 나가다 오나 나오다 가나

☆ 다리 그리고 저고리 그리다

☆ 다시 올 이월이 윤 이월이올시다

☆ 가련하시다 사장 집 아들 딸 들아 집장사 다시 하련가

'자'자를 앞뒤로 하고 거꾸로 읽어도 같은 글(자수 늘여가기)

☆ 자자

☆ 자보자

☆ 자주 주자

☆ 자○ 만○자

☆ 자○만 꼭 만○자

☆ 자○만 슬슬 만○자

☆ 자○만 살살살 만○자

'가'자를 앞뒤로 하고 거꾸로 읽어도 같은 글(자수 늘여가기·경상도 사투리버전으로)

☆ 가가(그애니?)

☆ 가가 가(그애가 가니?)

☆ 가가 가가(그애가 그애니?)

☆ 가가 와 가가(그애가 왜 그애니?)

☆ 가가 자자 가가(그애가 자자고 한 그애니?)

☆ 가가 자보자 가가(그애가 자보자고 한 그애니?)

☆ 가가 자주 주자 가가(그애가 자주주자고 한 그애니?)

나머지는 생략해도 아시겠지요?

난센스 퀴즈 · 1

1. 보내기 싫으면 어떻게 해야 하나? - 가위나 바위를 낸다

2. 간 큰 남자와 통 큰 여자가 만나면 어떻게 되는가?

    - 간통 사건이 일어난다

3. 개구리가 낙지를 먹으면 무엇이 될까? - 개구락지

4. 가을이면 제비가 남쪽으로 날아가는 이유는? - 걸어갈 수 없으니까

5. 남자가 좋아하는 집은? - 계집

6. 가장 학벌이 좋은 물고기는? - 고등어

7. 해골이 사는 방은? - 골룸

8. 돼지가 꼬리를 흔드는 이유는? - 꼬리가 돼지를 못 흔드니까

9. 한국에서 제일 야한 영화제목은? - 꽃을 든 남자 (꼬출 든 남자)

10. 세탁소 주인이 가장 좋아하는 차는? - 구기자 차

11. 원숭이를 구우면 어떻게 될까? - 구운몽

12. 진통을 겪으며 유산도 시키고 해산도 하는 곳은? - 국회

13. 학생들이 수업시간에 자는 이유는? - 꿈을 갖기 위해서

14. 여자가 뛸 때 흔들리는 것 두 개는? - 귀걸이

15. 라면은 라면인데 달콤한 라면은? - 그대와 함께라면

16. 사과를 깎을 때 칼등으로 먼저 톡 치는 이유는?

    - 기절시켜 놓고 옷을 벗기기 위해

17. 드라큘라가 거리의 헌혈 모집 자동차를 보고 기분 좋아 한 말은?

    - 김장을 담근다

난센스 퀴즈 · 2

1. 비가 자신을 소개할 때 하는 말은? - 나비야

2. 노인들이 가장 좋아하는 폭포는? - 나이야 가라 폭포

3. 남자의 몸에 있는데 뛸 때에는 흔들리고 움직이며, 잡아당기면 죽는 것은? - 넥타이

4. 한국 최초 2인조 다이빙 선수는? - 논개

5. 도둑이 제일 싫어하는 아이스크림과 좋아하는 아이스크림은?

   - 누가바, 보석바

6. 여자는 무드에 약하다. 그럼 남자는? - 누드에 약하다

7. 통닭을 영어로 하면? - 누드치킨

8. 눈물의 씨앗은? - 눈곱

9. 눈이 녹으면 어떻게 되는가? - 눈물이 된다

10. 꼽추는 잠을 잘 때 어떻게 자는가? - 눈을 감고 잔다

1. 아몬드가 죽으면 어떻게 되는가? - 다이아몬드

2. 공룡이 멸종한 이유는? - 다 죽었기 때문에

3. 프랑스에 단 두 대 밖에 없는 사형 기구는? - 단두대

4. 세상에서 제일 맛있는 집은? - 닭똥집

5. 미소의 반대말은? - 당기소

6. 다이빙을 했는데도 머리카락이 하나도 젖지 않았다. 왜? - 대머리니까

7. 길에서 죽은 사람을 무엇이라 하는가? - 도사

8. 다리가 굵은 여자가 발을 물에 담그면? - 동치미

9. 세상에서 제일 더러운 집은? - 똥집

10. 뚱보가 간장독에 빠지면 뭐라고 할까? - 돼지 장조림

11. 개가 한 쪽 다리를 들고 오줌을 누는 이유는? - 두 다리를 들면 넘어지

  니까

12. 뒤에서 소리가나면 뒤돌아보는 까닭은?

  - 뒤통수에 눈이 없으므로

13. 미닫이를 소리나는 대로 표현하면? - 드르륵

난센스 퀴즈 · 4

1. 가제트 형사의 성은? - 마징

2. 서울의 1번지는 시청이다. 시청에서 가장 먼 동네는? - 만리동

3. 기린의 목이 긴 이유는? - 머리가 몸에서 멀리 떨어져 있기 때문

4. 돌보다 강한 물질은 무엇일까? - 머리카락(돌대가리를 뚫고 나오니까)

5. 쓰레기통에 뚜껑을 다는 이유는? - 먼지 들어갈까 봐

6. 쓸모 없는 구리는? - 멍텅구리

7. 가장 숨막히는 싸움은? - 멱살 잡힌 싸움

8. 깨끗한 친구를 사귀려면 어디로 가야할까? - 목욕탕

9. 때 돈을 버는 법은? - 목욕탕을 차린다

10. 남자가 여자보다 벼락에 맞기 쉬운 이유는? - 안테나가 달려 있어서

11. 바닷물이 짠 이유는? - 물고기들이 땀을 내면서 뛰어 놀아서

12. 호수 위에 뜬 달이 크게 보이는 이유는? - 물에 불어서

13. 아무리 예뻐도 미녀라고 못하는 이 사람은? - 남자

1. 바나나가 웃으면 어떻게 될까? - 바나나 킥

2. 플레이보이들이 가장 즐기는 놀이감은? - 바람개비

3. 돼지가 열나면 어떻게 될까? - 바비큐

4. 낙엽을 소리나는 대로 적으면 어떻게 되는가? - 바스락

5. 나폴레옹은 전쟁터에 나갈 때 왜 항상 빨간 벨트를 찼을까?

    - 바지가 흘러내리니까

6. 벌레 중 발이 없는 벌레는? - 바퀴벌레

7. 소가 처음 만나 하는 말은? - 반갑소

8. 사과를 먹다 벌레 발견하는 것보다 더 끔찍한 때는?

    - 반만 남은 벌레를 발견했을 때

9. 여자는 없는데 남자는 아래 쪽에 하나 있는 것은? - 받침

10. 눈이 오면 강아지가 뛰어다니는 이유는? - 발이 시려워서

11. 결혼 후 언제까지가 신혼기간일까? - 밤에 일없이 자는 날까지

12. 아기가 태어나서 우는 이유는? - 밥줄이 끊어져서

13. 이쪽 벽이 저쪽 벽을 보고 한 말은? - 구석에서 만나자

14. 어부들이 가장 싫어하는 가수는? - 배 철수

15. 꽃 중에서 나이를 가장 많이 먹은 꽃은? - 백합

16. 콜라와 마요네즈를 섞으면 어떻게 될까? - 버려야 한다

17. 별을 따는 것보다 어려운 일은? - 별 다는 일

18. 타이슨의 핵 주먹이나 헤글러의 무쇠주먹을 이기는 것은? - 보

19. 실업자의 마지막 카드는? - 복권

20. 나폴레옹의 묘 이름은? - 불가능

21. 물고기의 반대말은? - 불고기

22. 국사 책을 태우면 어떻게 될까? - 불국사

23. 커피의 나라는 브라질이다. 그럼 밀크의 나라는? - 브라자

24. 억수 같은 폭우가 쏟아지는 곳은? - 비무장지대

25. 신경통 환자가 가장 싫어하는 악기는? - 비올라

26. 비행기 안의 화장실 이름은? - 공중 화장실

27. 스튜어디어스를 다른 말로 하면? - 비행소녀

28. 거지가 가장 싫어하는 욕은? - 빌어먹을

29. 바나나우유가 웃으면 어떻게 될까? - 빙그레

30. 갓 태어난 병아리들이 열심히 찾는 약은? - 삐약

1. 언제나 잘못을 비는 나무는? – 사과나무

2. 사람 몸에 붙어 사는 곤충은? – 사마귀

3. 사막에서도 할 수 있는 물놀이는? – 사물놀이

4. 씨암탉의 천적은? – 사위

5. 하느님도 부처님도 다 싫어하는 비는? – 사이비

6. 사자는 어떻게 울까? – 사자는 짖지 울지 않는다

7. 한국 최초의 다이빙 팀 이름은? – 삼천 궁녀

8. 기름 한 방울에 물 한 방울을 더하면? – 쌍방울

9. 새우와 고래가 싸우면 누가 이기나? 그 이유는?

   – 새우(새우의 깡에 고래는 밥이니까)

10. 우리나라 사람이 쇼트트랙 경기에 강한 이유는?

   – 새치기를 잘하기 때문에

11. 여자가 좋아하는 남자는 어떤 남자일까? – 서 있는 남자

12. 눈과 구름을 자를 수 있는 칼은? – 설운도

13. 세상에서 가장 추운 바다는? – 썰렁해

14. 대머리와 얼굴의 경계선은?

   – 세수할 때 비누칠하는 곳까지 얼굴

15. 소금을 가장 비싸게 파는 방법은? – 소와 금을 나누어 판다

16. 소가 가장 무서워하는 말은? – 소피보러 간다

17. 남자가 좋아하는 여자는 어떤 여자? – 속 좁은 여자